魔豆

魔豆

懶散勇者物語 05

Brave Story

紅袍法師的陵墓

香草／著

懶散勇者物語 05

目錄

懶散勇者物語 CHARACTER

水靈

誕生於聖湖靈氣之中的精靈，似乎擁有自己的語言。是手掌般大小的少女形態。

夏思思

17歲長髮少女。被真神召喚至異世界的勇者。總喜歡穿著寬鬆衣服，讓人看不出她到底有沒有身材……個性有點懶散，也很怕麻煩，但卻聰明、思緒敏捷。
擁有強大精神力、能穿越任何結界。

卡斯帕/伊修卡

15歲，雙重身分（真神/祭司）。
化身為卡斯帕時，外貌絕美，身著精靈常穿的長衫。當身分為伊修卡祭司時，長相平凡，身穿祭司白袍。雖身分尊崇卻性格輕率跳脫，以旁觀勇者的旅途為樂。

埃德加

24歲，聖騎士團第七隊隊長。
難得一見的標準美男子。個性嚴謹，給人有點冷漠的感覺，卻有著外冷內熱、充滿正義感的一面，是名信仰虔誠的信徒。
魔武雙修，能力高強。

艾莉

實際年齡為25歲（雖然像15歲），隸屬埃德加麾下。很有鄰家小妹妹的感覺，但是其實非常喜歡惡作劇，又很毒舌，喜歡吐槽自家夥伴。然而，她過於年輕的外貌似乎隱藏著某個祕密……

奈伊

年齡不詳，是被教廷封印的高階魔族，但卻聲稱自己不食人肉！個性單純、不諳世事，被夏思思解除封印之後，便將她視為「最重要」與「絕對服從」的存在！

艾維斯

22歲，亡者森林裡的首領。
臉上常掛著若有似無的笑意，有著獨特又神祕的魅力。擁有一頭金紅及肩長髮、中性美的端正五官，性格卻聰慧狡詐。

ch.1
商隊邀約

阿默的出現完全沒影響到夏思思逛市集的興致，少女玩了足足一天過足了癮，這才回到旅館休息。第二天，眾人補充旅行必需品後便離開這座繁華的市集。

雖然城內並沒有策騎的速度限制，但爲免誤傷路人，一行人皆很自覺地放緩策騎速度。利奧波德城不光居民體型、房屋結構很巨大，街道面積也異常廣闊，城鎮的總面積在安普洛西亞帝國排於首位，是國內最大的外族自治區。以這種緩慢的前進速度，夏思思等人至少得走整整兩天才能出城，足見這座城鎮有多大。

知道短時間內無法離開這座大城鎮，夏思思並沒有急著趕路，帶著悠閒的心情邊走邊觀光。少女發現這裡有明顯的階級制度，城鎮中的居民以巨人族地位最高，巨人與人類的混血兒地位則較低。而血脈較偏向人類，也就是體型與力氣偏小的居民則是城鎮的低層成員。

夏思思本就不是個多管閒事的人，身爲人類的她，看到這狀況也沒覺得有什麼不好，更加沒有任何爲弱者出頭的意思。弱肉強食是世間不變的定律，尤其在這個崇尚武力的城鎮，這種以體格來劃分階級的狀況是大勢所趨。

對於夏思思這種外來者，城鎮有著一條不成文的保護規定——也就是謀財可以，但害命可不行。即使是阿默這種身上已揹負著幾條人命的惡霸，在下手搶奪的時候，也鮮少會殺掉外地人。當時他要不是被夏思思氣得失去理智，也不會一出手便是殺著。

對當地人來說，外來者都是要好好保護的肥羊。正所謂商人逐利，只要有足夠的利益，這些外來商人不介意承擔被搶奪的風險前往利奧波德城；可是危及性命的話那就不同了，若最終導致對方不再來這座城鎮交易的話，對巨人族而言，絕對是偷雞不著蝕把米的事情。

何況搶奪也不是沒有風險的，人類的身體雖然沒有巨人族來得強大，但他們卻有著很多足以彌補這個差距的優勢，例如優良的武器、強大的武術技巧，以及巨人族天生不擅長的魔法！

巨人大多不太聰明，精神力天生遠比人類弱小，容易暴躁的性情也令他們不易靜下心來冥想。因此這個種族雖然是很出色的戰士，但絕不會是優秀的魔法師。再加上魔法師這種職業無法從外表來辨認，他們可以是嬌滴滴的大美人，也可以是精壯的小伙子，更可以是風燭殘年的老爺爺。因此爲免不小心得罪到惹不起的人，大部分原住民都會乖乖與商人進行交易，只有像阿默這種平常恃強凌弱、惹事生非的地痞才會對外來者動手。

結果，市集那麼多人，阿默卻偏偏選中夏思思下手，也不知該說是少女不走運，還是最後被對方狠狠教訓一頓後反成爲小弟的阿默流年不利才好了。

不知是不是夏思思秒殺阿拉與阿尼，並且收了阿默這個當地人見人怕凶悍小弟的「豐功偉業」流傳了出去，離開城鎮的一路上風平浪靜，再沒有任何不長眼的人來招惹。兩天後，眾人無驚無險地離開了這個給人感覺什麼都過於巨大的城鎮。

□

「阿默，怎麼了嗎？」夏思思察覺自離開城鎮不久，阿默便一副心緒不寧的樣子，並且頻頻張望四周，神態看似在警戒著什麼。

「老大，妳要小心一點，現在我們進入了強盜阿佳的地盤。」男子煞有介事地說道。

「阿佳？」又是一個以「阿」字開頭的名字，見阿默的表情如此嚴肅，被這種活像在呼喚阿貓阿狗的取名方式逗笑的夏思思，不好意思直接笑出來，只好把笑意憋在肚子裡。

「阿佳是這一帶最龐大的強盜群兒——『蒼狼團』的首領。」

夏思思卻沒有把這放在心上，區區的強盜而已，少女相信憑他們這些人的實力，即使打不過對方，利用水遁魔法全身而退並非難事。看到夏思思氣定神閒的樣子，阿默不禁佩服老大不愧爲老大，光是這遇事的鎮定與自信已讓他自愧不如，卻不知少女正滿腦子想著打不過時該怎麼逃走……

自從水遁魔法曝光後，芙麗曼便興奮地纏著請教夏思思。少女喜歡芙麗曼，因此並沒有絲毫藏私的打算。這世界的人思想還停留在「教曉徒弟餓死師父」上，可是受過現代教育的夏思思卻很明白敝帚自珍的害處。何況芙麗曼身爲傭兵團的重要戰力之一，她的力量愈大，便代表團體愈安全，同時也代表更能省卻夏思思的麻煩，因此對於芙麗曼的請教，少女很爽快地應允下來。

即使不懂魔法的康斯等人也能看出夏思思這個魔法的價値，對於少女的無私傳授已不止是驚訝，而是到達深受感動的程度了，這種感受尤以直接受益的芙麗曼最甚。任誰擁有這麼珍貴強大的技巧不是拚命掖藏著？偏偏夏思思卻願意教導非親非故的自己，這是多大的恩情啊！

雖然身爲風系法師的芙麗曼無法像夏思思般利用水源移動，可是她可以學習相關技巧後將魔法改良，說不定改良後的風系版還能藉著風勢進行移動呢！

可惜，很快地芙麗曼便發現她的魔力不足以應付遠距離移動，再加上她又不像夏思思在技巧上有元素精靈的幫助，多次嘗試後，最終也只能失望地放棄。即使如此，她仍從學習的過程中得到不少好處，對自身魔力的掌控更是提升了足足一個層次。雖然沒有如願習得想要的水遁魔法，但芙麗曼仍把夏思思視爲大恩人。

女子並沒有把報恩的話掛在嘴邊，可是夏思思看到對方滿含感謝的眼神時，不禁生出一種古怪的想法——要是自己身敗名裂死於非命，替她收屍的人之中，芙麗曼必定是其中之一！

放棄水遁魔法後，芙麗曼不甘心地抱怨著：「可惡！想不到這個魔法竟然需要那麼強大的魔力。說起來，思思妳眞厲害，學魔法多少年了？」

夏思思想了想，隨即張開雙掌，顯露出十隻手指。

見狀，芙麗曼更加沮喪了：「十年嗎？唉！眞是人比人氣死人，我是從六歲開始成爲學徒的，至今已有十多年了。」

搔了搔臉，夏思思有點不好意思地說道：「不是十年……是十個月。」

「十個月！」芙麗曼立即尖叫起來：「妳！妳這傢伙還讓不讓人活啊!?」

芙麗曼卻不知道夏思思之所以身具如此變態的魔力，得歸功於她的異界人身分。當夏思思穿越至不同世界的同時，靈魂也在不知情的狀況受到時空的淬鍊；再加上少女本身已是個擁有非凡精神力、過目不忘的天才，她的靈魂強大得能夠抵抗闇之神羅奈爾得的精神攻擊，這種強度又怎會是芙麗曼可比的？

至於那堪稱恐怖的元素親和力，則是源自於少女身上隱藏著元素精靈之故，這些條件都是別人無法模仿習得的。

聽到兩人的對話，阿默立即討好地湊了上來，道：「老大，妳也教教我這些神奇的魔法吧！我的本領差點本不要緊，但絕不能丟老大妳的面子對不對？」

現在阿默每句話都不離「老大」、「老大」地叫。阿默早已看出夏思思對身邊的人極好，因此正急於獲得少女的認同。

偏偏夏思思的心卻像面明鏡，只見少女似笑非笑地瞄了阿默一眼，道：「跟了我還沒有多少天，這麼快便想要挖好處了嗎？」

阿默本就是個狂妄驕傲慣的人，被夏思思這麼取笑立即懊惱起來，偏偏有求於對方且形勢比人弱的他無法拉下臉生氣。還好巨人的膚色黝黑，倒沒有人看出他正火辣辣地燒紅了臉。

捨不得放棄這難得的求學機會，可是自尊心卻又令他無法再次開口懇求，巨人露出焦慮的神情，急得團團轉。

見對方真的有心求學，夏思思也就收起玩鬧，認真地想了想，道：「並不是我藏私不願教你，只是我學習魔法的時間很短，而且只揀些實用的魔法來學，我不懂得怎樣教人啦！」

「等、等等！」芙麗曼差點兒暈倒，「從實用性質的小魔法開始學起？那基礎呢？妳至少也要先測試自己是屬於哪個屬性，再學習怎樣冥想，然後再練習一大堆該屬性的基礎魔法吧？」

夏思思訝異地眨了眨眼道：「什麼屬性的元素我都能召喚啊！不過我應該是偏向水系沒錯。原來屬性也有辦法測試嗎？」

也難怪夏思思如此驚訝，因爲元素精靈的存在以及她的特殊體質，當初卡斯帕可是直接跳過所有基礎來教學。

芙麗曼徹底無言地道：「當然有辦法測試。連這個也不知道，眞不知道妳究竟是怎麼修行的……若阿默想要學習魔法，首先要先測定出自己是哪種屬性才行。當年我的師父是用一種特殊的晶石替我測定，可惜這種晶石我手上並沒有。」

聽到夏思思本是有心教他，卻因爲屬性問題而不得不作罷，阿默著急地懇求：「老大啊，妳一定要幫我想想辦法！」

巨人的糾纏不休讓夏思思又是好氣，又是好笑，隨手揀起一片樹葉將其丟在水杯裡，指著漂浮在水面的樹葉說道：「我不懂就是不懂啦！不然我們用『水見式』來測試好了，水會變甜就是變化系，樹葉會動的就是操作系……」說到這裡，剛好有風把樹葉吹動，夏思思雙眼一亮，煞有介事地說道：「阿默你是操作系呢！恭喜恭喜。」

明顯敷衍了事的話語聽得阿默一愣一愣，道：「呃……老大，什麼是變化系？操作系又是什麼？」

見巨人問得認眞，夏思思再也忍不住咯咯嬌笑起來。

誰都看出剛才夏思思的話根本就是胡扯。阿默剛失望地垂下頭顱，便聽到少女續道：「不過到達王城以後，我倒可以介紹教導我學習魔法的導師給你，可是他願不願意收你爲徒，這點我就無法打包票了。」

先前在市集小露一手的夏思思，已利用實際行動說明她的強大，作爲徒弟的少女尚且這麼厲害，那師父到底有多強大呀？阿默不禁暗樂，有這麼強大的老師親手傳授，即使只學懂一點皮毛也足夠他一生受用了，說不定能夠打破巨人族中從沒出現過魔法師的命運。幻想著將來自己使出魔法那威風八面的模樣，樂得阿默只懂傻笑著對夏思思猛點頭道：「當然當然，到時候就麻煩老大代爲引見了。」

康斯若有所思地看著少女，正好迎上夏思思裝模作樣地向自己眨了眨眼，下一秒卻又若無其事繼續與同伴玩鬧著，青年這才確認少女果然是故意的。

看得出阿默這個人的功利心很重，要讓這種人乖乖聽話，以利誘之絕對是最有效的方法。

夏思思收阿默當小弟本就只是爲了好玩，在阿默面前擁有絕對實力的她，不介意也不害怕這個巨人會反過來對她不利。會這樣做，只是爲了讓作爲護衛的康斯等人安心而已。

感受到夏思思的體貼以及對他們這些護衛的尊重，康斯不禁心頭一暖，慶幸自己結交到這個朋友。

解決了安全隱憂，康斯對阿默的態度也就變得友善起來，「阿默你有沒有興趣與雷倫特他們一起練習劍術？依我看，以巨人族體格的先天優勢，與其學習魔法，倒不如往武術方面發展，也許更加適合。」

阿默嘆了口氣，「可是在看過老大的手段後，我實在對武術失去信心了。」再強大的劍術，也禁不起夏思思的一擊魔法啊！

夏思思一掌巴在對方背上，道：「白痴！你不會先發制人嗎？魔法師出手前都要詠唱咒文的，愈是強大的魔法所需的準備時間愈多，在此之前，先把對手幹掉不就好了？」

「可、可是老大妳……」

奧克德上前拍了拍阿默的肩膀，道：「思思是怪物，別把怪物的標準安在人類身上。」

「你說誰是怪物呀？小妖！燒他！」

窩在夏思思懷中的小黑貓在聽到少女的命令後，一雙眸子忽然閃現出淡淡金光，隨即長長的尾巴竟甩出數顆小火球射向奧克德，直把青年燙得哇哇大叫。

阿默頓時傻眼，怎麼夏思思的身邊連隻寵物也那麼強？

看到小妖趾高氣揚地向奧克德咧了咧嘴，阿默震驚地用力揉了揉眼睛，他剛才好像看到這隻小貓很人性化地笑了……

「離王城還有段路程，阿默你可以先與我們一起練習劍術。在學習魔法前多學點東西也沒有壞處，你不是想要變強嗎？」雷倫特大咧咧地笑道。

阿默想了想，也覺得雷倫特的話有理。自從遇上夏思思後，他才明白以前的自己簡直就是井底之蛙，同時對力量的渴求及野心變得更強了，他可不希望再次經歷被人壓著打，自己卻無法反抗分毫的狀況。

「阿默，那群強盜的事你知道多少？」話題回到「蒼狼」上，康斯淡淡問道。

「不多。只知道『蒼狼』是個由巨人族組成的強盜團體，他們人數眾多，而且全都是些刀口舔血的亡命之徒。他們專門打劫行經附近的商隊，所有被看中的商隊鮮少留下活口。我以前在那兒混的時候，『蒼狼』的首領還不是阿佳，只聽說這個新首領是個天生神力、不近女色的傢伙。」

「這個利奧波德城還眞的不太平耶！就連周邊地區也是盜賊橫行。」夏思思感嘆道。

「自治區嘛！這些由外族統治的區域大都這個樣子。由於沒有國家的介入與管理，雖然自由度高，可是危險度也相對比普通城鎮高得多。然而商人卻又無法割捨那些充滿價値的異族商品。因此即使明知危險，來往自治區的商隊依舊絡繹不絕。」芙麗曼解釋。

「同時各城鎮也懷著各家自掃門前雪的心態，只要強盜不進入城鎮肆虐便不加理會。久而久之，自然在城外養肥了一大群強盜土匪了，對吧？」夏思思一臉嘲諷地分析。

康斯頷首道：「當然並不是所有自治區都是這個樣子，當中也不乏一些繁榮富裕的城鎮。最出名的便要數由地精所統治的夕巴斯汀城，思思小姐有機會的話可以去看看，那兒以出產香料聞名，而且治安也很不錯。」

「香料？怎麼樣的香料？」少女聞言，雙目一亮，對於康斯的提議很感興趣。

看了看與芙麗曼大談香料之道的夏思思，一直不遠不近默然跟隨在康斯身旁的伊達有點訝異地低聲說道：「如此主動結交來歷不明的人，這不像你的作風。」

康斯愣了愣，隨即釋然笑道：「思思小姐的身分雖然很神祕，卻是個值得結交的人，不是嗎？」

□

相安無事地越過了「蒼狼」的地盤，隨著離開後與城鎮的距離愈來愈遠，商道四周就只剩下一些專門做商隊生意的旅館與店鋪。既然離下一座城鎮還有數天路程，夏思思也沒有急著趕路，在下午看到喜歡的旅館後就乾脆住了進去。

一行七人取得房間鑰匙後，又有一隊為數五十多人的小商隊想要入住。利奧波德城的交易旺季是冬末，那時各路商隊皆蜂擁而至，爭相搶購由巨人獵來的雪獸毛皮。相反地，在這個季節來往城鎮的商隊就稀少得多，大部分都是像夏思思一樣以王城爲目標的旅客，利奧波德城只是他們路經的中途站。

除了隨行保鏢，商隊的商人或多或少也學過一點防身術。雖然這個只有五十多人的團體只能算是一支小商隊，可是卻也在這片大陸上經商數年，憑著一手創建起商隊的歐恩卓越的臨場應變指揮，以及保鏢長保羅的劍術，在遇到危險時往往能以這不多的人數化險爲夷。

「還少兩間房？」聽到旅館老闆的話後，保羅不禁皺起英氣的眉。雖然他們也不是不能分開至其他旅館投宿，然而以護衛的立場而言，把所有人集合在一處還是比較安全，萬一有什麼突發事件也好照應。

歐恩嘆了口氣，道：「沒辦法，現在是利奧波德城的交易淡季，商道兩旁的旅館有在營業的並不多。此刻天色尚早，我們把行程加快一點，運氣好的話，也許能在天黑前找到另一間旅店投宿。」

在這種淡季難得有團體入住，老闆又怎會放過這個賺錢的大好機會，看到歐恩等人想要離開，立即搶著說話，心想先把這些客人留住再說。「客人請等等，即使是最近的旅館，至少也要整整一天的路程。據我所知，那間破旅館的房間也不多，萬一各位趕過去以後才發現那邊也客滿了怎麼辦？」

兩人想想也覺老闆的話不錯，正爲難間，卻聽見一個滿載笑意的清脆嗓音從上層梯間傳來：「哎，餓死我了。不知這兒有沒有好吃的甜點呢？我很久沒有吃過甜點了。」

隨即傳來一個粗獷男聲充滿討好意味地解說道：「老大，這兒的人不嗜甜，可是小吃花樣眾多，包老大妳吃得爽！」

接著，另一個帶有嘲諷意味的男子嗓音揶揄道：「每天都看妳吃那麼多東西卻不見長肉，眞不知道吃下的食物到哪兒去了。」

「哼，你管我！芙麗曼他們不下來吃東西嗎？」最先發言的少女，聲音再度傳來。

先前揶揄少女的男子以略帶無奈的語調回答道：「現在太陽還未下山，那麼早誰吃得下飯啊？我們也只是陪妳下來而已，免得妳一個人落單招惹什麼麻煩。」

這短短數句對話勾起了保羅二人的興趣。第二名男子說話時一聲聲的「老大」，聽起來就像是個土匪，偏偏被他稱作老大的人卻是個少女？連串的對話讓他們好奇轉過身，想要看看這三人到底長什麼樣子。

最先走下來的是個長相平凡的壯實男子，神態大剌剌地伸懶腰。隨後是個長得清秀俏麗，可是衣著搭配卻只能以慘不忍睹來形容的少女。保羅與歐恩不禁交換了訝異的視線，想不到這看起來只有十六、七歲的小女生，竟就是他們口中的「老大」！

但最驚人的還在後頭，最後出場的竟是個巨人！雖然男子沒有純種巨人來得高大粗獷，看得出混雜了一點人類血統，可是八呎多的身高也夠驚人了。只見這個長得黝黑的巨人邊走邊小心翼翼地保持彎腰的姿態，深怕一不小心會撞上梯間垂吊下來的吊燈。

老闆看了看這幾名下來吃飯的客人，以及眼前兩名想要投宿的男子，忽然勾起一個大大的笑容道：「我想到解決的辦法了！」

老闆的話一出，立即把保羅與歐恩的注意力拉了回來。只見歐恩一臉喜形於色地道：「是什麼辦法？」

「這幾位客人比你們早一步來投宿，並且每人租住了一間房。若他們願意改爲二人同住便能讓出兩間房，那麼問題便迎刃而解了。」

二人聞言不禁瞠目結舌。商道上的旅館全都是暫住一夜的休息點而已，不要說一人一間房，有時候商隊爲了節省開支，三、四個大男人擠在一間房裡睡覺也是等閒事情。

這幾人是什麼身分，竟如此奢侈？

老闆說話的音量不小，夏思思等人也聽到了。少女還沒說話，阿默卻已暴怒衝前，一把扯起老闆的衣領，道：「老頭你很大膽啊！竟然打我們房間的主意！」

想不到巨人的性格那麼火爆，一不高興便立即動手，而且事前竟一點預兆也沒有。事先被康斯叮囑要好好看著阿默的奧克德稍微不注意，便被阿默衝了上去，正想上前阻止，夏思思卻已擺了擺手向阿默笑道：「別忙，先看看對方怎麼說。」

阿默那副凶悍暴戾的神情實在很嚇人，老闆被嚇得顫抖著連話也說不出來。

在巨人發難的同時，迅速把歐恩護在身後，保羅冷冷地說道：「我們並沒有勉強各位讓出房間的意思，若你們不願意，我們自會離開，請不要爲難店主。」

「斗膽要我們讓出房間，現在說走便走？世上哪有這麼便宜的事！」看到兩人轉身便要離開，身爲一方惡霸，平常凶慣了的巨人鬆手把嚇得腳軟的老闆丟下，一拳往正要踏出大門的歐恩擊去。

保羅的眸子閃過一陣冷光，手已按在劍鞘上。

眼看接下來就是不死不休的局面，忽然一個少女的嗓音斥喝道：「阿默，給我住手！」

歐恩與保羅訝異地看著眼前的巨人乖乖收起手，黝黑的臉上不但怒意全消，還換上了害怕又討好的神情，道：「老大妳別生氣，不打了、不打了！」

兩人的下巴「喀卡」一聲掉了下來，喝斥巨人的正是那名衣著隨意、長相清麗的少女。

這名年輕的人類少女現身時，歐恩他們還曾懷疑過「老大」這兩個字是不是她的同伴覺得好玩而替她取的綽號，現在見到巨人怕得要死的模樣，難道這個少女眞的是這些人的老大？

阿默這副討好的神態，害夏思思就算想生氣也氣不出來了，瞪了巨人一眼後，只是揶揄了他兩句，道：「很威風、很神氣嘛！」

知道自己的舉動惹得夏思思不高興，阿默很識趣地閉上嘴再也不敢說話。也不怪阿默這麼怕她，只因每次巨人做了什麼壞事，下場往往總是淒慘無比。雖然夏思思不會打他，可是整治他這個小弟的手段卻五花八門得讓康斯等人也驚歎不已。

短短數天的相處，阿默還眞怕了她。

不再理會垂下頭、活像鬥敗公雞的阿默，夏思思向保羅友善地伸出手，「你好，我是夏思思，他們是阿默以及奧克德。聽老闆說，你們還少兩間房對嗎？」

保羅鬆開緊握劍鞘的手與夏思思輕輕相握，男子禮貌地道出了他與歐恩的名字後，點了點頭，「是的，由於旅館的房間不夠，至少還需要兩間房才容得下所有兄弟。正好聽到幾位所租住的房間只住一人，因此想問看看能否請你們讓出兩間給我們。」

看到保羅的表現如此鎮定，並沒有因阿默的挑釁而失去冷靜，依舊不卑不亢地提出自己的要求，奧克德不禁點了點頭，心想這個護衛倒是個人才，難怪這支商隊人數不多也敢到利奧波德進行買賣。

保羅給夏思思的印象顯然不錯，少女聞言，很爽快地答允下來，道：「沒問題啊！康斯與伊達同住一間、雷倫特與奧克德一間，便可以空出兩間房了。阿默，你上去叫康斯他們騰出房間吧！」

想不到這個「老大」那麼好說話，保羅與歐恩立即向少女連連道謝，並招呼在外面等候的同伴進來。

阿默看夏思思沒有要自己騰出房間與別人合住也就放下心來，不然以他那龐大的身型，還眞不知道該怎樣與別人擠在一起。

連日趕路，歐恩的商隊整日下來未曾進食，現在解決了住宿問題後便紛紛擁入餐廳裡，很快地，空蕩蕩的餐廳熱鬧了起來。夏思思本就覺得自己單獨一人用餐實在沒意思，現在忽然多了數十人，少女也就很自來熟地坐了過去。

商隊眾人都知道是這名少女讓出房間給他們，見對方走過來，全都很熱情地歡迎少女的加入。當歐恩二人安頓好一切後，便驚訝地發現夏思思早已與同伴們打成一片，甚至還互相稱兄道弟起來。

二人不禁莞爾一笑，想不到夏思思這個年輕的女孩竟然完全不怕生，面對數十名陌生的大男人沒有絲毫怯懦。不過，只要想想她那名凶悍的小弟阿默，夏思思這種鎮定的反應也就不足爲奇了。

「思思，這小吃可是這兒很出名的特產喔！妳嚐嚐看。」一名商人獻寶似地遞過一碟小吃，其他商人也七嘴八舌地爲少女介紹各種食物。

作爲全餐廳中唯一的一名女性，混在商隊裡的夏思思簡直如魚得水，這兒吃一點、那兒又吃一點，而且全都不用錢，直把蹭餐的少女樂得笑逐顏開，深恨自己怎麼不能像牛般長有四個胃。

「嗨！保羅、歐恩。」看到夏思思邊拿著一大堆小吃邊向自己揮手，兩人不禁苦笑起來。

怎麼夏思思看起來比自己更像是商隊的人？她的適應力也未免太好了吧？

「思思……啊！我聽到妳的同伴都這麼喚妳，不介意我也這麼叫妳吧？」夏思思正滿口小吃，說不出回答的話，只能嘴巴發出「唔唔」的古怪聲響，邊點頭邊揮了揮手示意自己不在乎稱呼。

被少女的樣子逗得笑了起來，歐恩續道：「你們看起來不像商人，是不是經商道前往王城的旅客？最近各地都不太平靜，不少地區都傳出有妖魔出沒的消息，這一區更常有強盜出現，以你們的人數，旅行實在太冒險了。」

聽出對方話裡的善意，一旁的奧克德笑道：「謝謝你們的關心，不過前往王城也就只有兩條路，矮人族地下城鎮的道路也不見得太平，因此我們還是決定繼續走商道，至少沿途會經過不少城鎮，遇上妖魔的機會相對少一點。」

保羅想了想，道：「我們商隊的目的地也是王城，要不要一起走？這麼一來也有個照應。」

男子的提議聽起來有點唐突，但其實這在商道中很常見，很多旅客也喜歡跟隨商隊一起走。至少商隊或多或少有聘請護衛同行，而且人多也比較安全。

「謝謝你們的好意，可是……」奧克德正要拒絕，夏思思卻已遞出了數枚金幣，青年只好把要說的話吞回肚子裡。

只見少女甜甜笑道：「好啊！人多點才熱鬧。這些金幣就當作是護衛的費用，請不要推辭。往後的旅途請多多指教喔！」

阿默疑惑地看了看夏思思遞出來的金幣，他愈來愈搞不懂這個老大的心裡到底在想什麼了。

從先前與少女對戰時的慘敗經驗來看，夏思思根本就是個深藏不露的高手，實力如此強悍的人卻花錢聘請商隊作護衛？阿默眞的很懷疑一旦出了大事情，到底會是誰保護誰？

猜想到阿默正在想什麼，這段時間裡一直負責教導巨人劍術的奧克德笑著拍了拍男子的肩膀，道：「這個世上沒有誰是無敵的。思思她很清楚這一點，所以會想辦法彌補她所沒有的東西──無論是劍術、對陌生地區的認知，以及商隊獨有的關係網。她從不會因爲擁有強大的魔力而自滿，自以爲天下無敵，因此思思是很強的。」

看到巨人聞言後滿臉迷茫，這種略帶孩子氣的疑惑神情配以巨人族粗獷黝黑的臉孔實在不搭得很，奧克德見狀不由得低聲笑了出來。

只見奧克德語重心長地向阿默說道：「這段期間你就好好地跟著思思吧！我相信留在她身邊，你能學習到不少重要的東西。」

聽到對方說得認真，而且語氣很誠懇，即使對對方的一番話只聽得一知半解，阿默仍肯定地點了點頭。

ch.2 血案

得聞與商隊同行一事，身爲冒險者之首的康斯並沒有多說什麼。對於身兼導遊與護衛兩職的青年來說，多一人便多一力，反正出錢的人是僱主夏思思，他也沒有拒絕的理由。

於是提案輕易獲得康斯贊同的夏思思，此刻正於商隊中初嚐坐馬車的滋味。

平常看電視，總不乏一些古代千金小姐乘坐馬車的畫面，看起來舒適方便又奢華。可是夏思思實際坐過後，才知道想像與現實果然很多時候是有差異的。

無論是馬車內部侷促的環境、車身行動時的強烈搖晃，以及那又硬又粗糙的木椅，都足以造成少女的惡夢。顚簸的道路把夏思思的骨架子都搖晃得快散掉了，最重要的是，困在這種狹小的空間裡，會害她暈車啊！

雖然騎馬時間過長也會造成屁股痛，然而夏思思只要偷偷在馬鞍上用水氣凝造一個水軟墊便能解決問題了。水系魔法雖在治癒能力上不及光明系，可是卻附帶很不錯的滋潤作用，說不定還能讓屁股的皮膚變得更光澤呢！因此進入馬車不到五分鐘，少女便逃難似地再度回到馬背上。

說到馬匹，夏思思那頭從北方軍中順手牽羊的坐騎，在康斯的建議下，使用一種特殊的樹液混合泥土，把馬身上那屬於軍隊的烙印遮蓋掉，因此商隊中沒有人看得出少女的坐騎是匹軍馬。這番工夫減少了很多不必要的麻煩，雖然馬匹的神勇以及驚人的耐力和服從性仍舊引起商隊的注意，但卻沒有人多嘴詢問什麼。這些商人個個都是人精，自然很清楚什麼話該問，什麼話應該擱在肚子裡。

聽到夏思思對馬車的抱怨後，一眾商人解釋這些商用馬車各方面的性能已經算是很優秀了，民間的馬車更加粗糙，甚至很多時候稍微不小心觸碰了邊緣位置便會弄得滿手木刺，聽得夏思思的臉一陣青一陣白。

此刻夏思思只有一個念頭——非常感謝當初不厭其煩教導她騎馬的埃德加！

夏思思從不認爲自己是個嬌生慣養的大小姐，可是身爲現代人，很多事還得要慢慢適應。例如這次的馬車事件，便令少女再次感受到這個世界與地球的差異。

幸好她是個魔法師，而且是個學了不少稀奇古怪卻又實用無比的小魔法的魔法師。夏思思運用了無限創意把這些魔法配合到生活上，例如把露宿野外必會遇上的蚊蟲滋擾用魔法隔絕，便是其中之一。不然身爲都市人，少女眞的很懷疑自己能不能忍受露宿郊野的風霜之苦。

其實以過慣了高科技生活的都市人來說，夏思思的適應力已算是很驚人了。至少在旅途中她雖然從沒錯失過任何偷懶的時間，可是該趕路的時候她還是會乖乖妥協，住廢墟、睡草地，從不喊一聲苦。

然而沒事時，她卻又懶散得氣死人。最驚人的是，她起床時明明已經是午飯時間，但卻還是照平常一樣每天吃足早午茶夜四餐，絕不會因睡眠而落下任何一頓。

若是環境許可，夏思思更是絕不會虧待自己，吃得好住得好是她的小小堅持，而且她絕不在乎要花費多少金錢。這也是當初他們與商隊在旅館相遇時，夏思思等人為什麼會如此奢侈地一人租住一間房間的原因。

還好夏思思喜歡低調，對旅館的要求只在於舒適安全，對那些金碧輝煌的昂貴旅館倒是興趣不大，免除了不少過於張揚所帶來的麻煩。

因此，雖然彼此已相處一段不算短的時間，可是至今康斯等人仍是搞不清楚這次的僱主到底算不算是個好相處的僱主？

這個問題的答案實在是有待商榷……

對夏思思來說，與商隊同行的最大好處就是人多熱鬧，旅途中絕對不愁寂寞。何況歐恩所選擇的這條商道，每隔數天便會遇上一座小城鎮，除了能補給物資也能好好休息。

有得吃、有得睡，閒來有人陪她說話解悶，最重要的是，不會有人吵著要她工作，離開西方要塞以後的這段旅程，可說是夏思思來到異世界後身心最為放鬆的日子。

回想穿越以來，日子過得最優渥的就數在王城學習的時候了吧，只是那時老是有個化名伊修卡的眞神在她耳邊叨叨唸唸，不是吵著要她學魔法，就是惡趣味地向她不厭其煩地重複又重複提著勇者的使命。

最氣人的便是卡斯帕雖然嘴巴上說得很漂亮，什麼事都佔了大義名分，然而祂根本就只是想要看她生悶氣的樣子，才硬是裝出悲天憫人的神情進行滋擾。身爲眞神卻老是躲在旁邊看好戲，把她這個苦命的勇者往火裡推！

「思思妳這樣子不行喔！怎能甩掉我特意安排給妳的監護人……呃……護衛才對……自個兒跑出去玩？」

對對對！看！就是這樣！簡直像個大嬸般煩人！

自個兒認同地點了點頭，卻忽然醒悟到不對勁的夏思思，戰戰兢兢地往聲音來源看去。

只見一名外表樸素平凡，卻有著令人移不開視線的奇異吸引力的少年，正站在商道旁歪著頭朝夏思思甜甜一笑。

瞬間，少女毫不猶疑展示出她那學習自聖騎士長的精湛騎術，雙腳一夾，韁繩一拉，便讓坐騎四肢一蹬，立時離得身旁少年遠遠的。

「思思小姐？」即使同行後多了商隊的護衛保護，但康斯仍是很盡責地一直暗中注意四周的狀況，在夏思思表現出異樣後，便立即策馬來到少女身旁，滿臉警戒地擋在夏思思與少年之間。

隨即，夏思思感到光線變得稍暗，這才發現伊達不知何時已策騎來到她的身後。若不是男子高大身軀所形成的陰影正好遮掩了從少女背後射來的陽光，她還眞的察覺不到對方的存在。

這個人平常走路沒腳步聲就算了，怎麼連策騎時也沒傳來馬蹄聲啊!?

不過現在並不是爲伊達神出鬼沒的身法驚歎的時候，夏思思皮笑肉不笑地看著那名平凡的少年，道：「你怎麼來了？……小帕？」

夏思思很機伶地沒有輕率道出少年那「眞神卡斯帕」或「大祭司伊修卡」的身分，畢竟她有百分之百信心肯定若她眞的在眾目睽睽下大叫一聲「卡斯帕」或者「伊修卡」，那性格惡劣的眞神大人必定會把她的勇者身分當眾公開作爲報復。

露出了「算妳識相」的眼神，被夏思思暱稱爲「小帕」的卡斯帕，意有所指地說道：「啊啊！思思妳的反應眞冷淡，虧我得知妳在尋找的東西在不久後便會出現，特意趕過來通知妳的。」

夏思思眼睛機靈靈地一轉，便猜想到卡斯帕大概是從預言壁中看到了聖物碎片的位置，因此便巴巴地趕過來吧？只是……

「你想辦法通知我就可以了，不用直接過來。」極度不想看見卡斯帕的少女撇了撇嘴，就是不明白以對方尊貴無比的身分，怎麼會親自過來。

卡斯帕理直氣壯地回答：「因爲現在嚴厲的監護人不在，機會難得，我才趕過來找妳玩嘛！」

聽到卡斯帕的話，夏思思心有戚戚地點了點頭。

埃德加絕對是史上最出色的監護人，無論是監視還是保護都做得一絲不苟。雖然卡斯帕在王城時，恃著大祭司的身分經常把埃德加耍著玩，可是等著瞧吧！要是與他一起旅行，名正言順地成了這名冰山聖騎士的責任以後，到時候埃德加才不理會他是什麼身分，照舊會竭盡所能把人管得死死的。

埃德加面對夏思思與卡斯帕這些身分地位比他高的人，在對方想要去闖禍時，既不會罵人更不會打人，可是卻會散發出令人毛骨悚然的寒氣。受到這恐怖寒氣的侵襲，不出三秒滿心熾熱著想要去胡鬧的心情便會被瞬間凍僵，再也燃燒不起哪怕一絲一毫的火苗。

看著一臉悠然的卡斯帕，夏思思眨了眨雙眼。眼神中傳遞的意思很明顯，她可不希望剛甩掉一個監護人，卻又來一個新的。

卡斯帕噗哧一笑，道：「我只是看你們玩得高興，想過來參與一卜而已。」

獲得卡斯帕的保證，夏思思露出燦爛的笑容向少年伸出手，道：「歡迎你的加入喔！小帕。」

「思思小姐，這位是妳的朋友？」看到夏思思與這名忽然出現的陌生少年熟稔地交談，康斯與伊達卸下敵意，卻仍沒有放鬆對陌生人應有的警戒。

與卡斯帕達成共識後，夏思思對少年明顯變得友善，「這是小帕，是……教廷的見習祭司。他的目的地是教廷總部，我們早就約好在這兒會合後一起走。」

從巨人到商隊，康斯早就習慣夏思思在旅途中加入各式各樣的同伴了，因此對於這卡斯帕的事情也沒有多問，微笑著向這名新同伴釋出善意。

卡斯帕禮貌地向二人回以一笑後，便把夏思思拉至一旁竊竊私語，「妳怎麼說我是見習祭司？說我是妳弟弟不行嗎？」

少女挑了挑眉，道：「請問您老貴庚？」仔細數數她是第五代勇者，也就是說，這個長著一張嫩臉的眞神沒有一千也有數百歲吧？還弟弟咧!?

卡斯帕有些忸怩地道：「也不大……人家還不足五百歲呢！」說罷，少年一改剛才的害羞神情，一臉精明地挑了挑眉，道：「妳該不會是在打我這個『祭司』的主意吧？」

見習祭司與祭司之間雖然唯一的差距只有「見習」二字，但見習祭司其實只能

算是教廷的記名成員，他們就像是地球的無國界醫生，總是到處行醫修行；而直至獲得教廷認可，並通過一連串的考核成爲眞正的祭司後，他們才會獲得正式長駐於教廷分部，以及加入各種祭典儀式的資格。

別人也許不知道，可是夏思思的魔法是他一手教出來的，少女有多少斤兩，他可是最清楚。雖然少女的魔力很強大沒錯，可是她只愛揀選有興趣的魔法來練習，本身又是偏向水屬性的體質，因此對於光明魔法其實所知不多。

卡斯帕記得在城堡學習期間，光明系的魔法，夏思思除了閃光球外，就只學了一個終極治癒術，對普通治療魔法卻不屑一顧。少女的論點是，反正自己魔力多得足以淹死人，終極治癒術她要使用多少次便能用多少次，根本沒必要退而求其次再去學習那些只能把重傷患治療得半死不活的治療魔法。

結果現在問題來了，先不論商隊遇上危險時，勇者大人到底想不想幹活，即使夏思思願意出手，但一出手，便來個終極治癒術也未免太驚世駭俗了點。

因此，她故意將卡斯帕的祭司身分公告天下，將來出事時，別人最先想到的必定是這名年輕的見習祭司，而不是閒來才使個小魔法解悶的夏思思。

面對少年的質疑，夏思思並沒有否認：「反正有芙麗曼這名高階魔法師在，基本上也不會動用到你這個見習祭司。安啦！」

卡斯帕的出現吸引不少人的注意，尤其是負責商隊安全的保羅，更是怎樣也搞不清楚少年到底是怎樣瞞過所有護衛的視線出現於商道旁的，然而卻被見習祭司一臉虔敬地說了一句：「一切皆是眞神的旨意。」來糊弄過去。聽得夏思思悶笑不已，心想若下次遇上不好回答的問題時，試試用這個方法矇混過去倒也不錯。

例如到達王城與伙伴會合後，當埃德加責怪自己的不告而別時，便告訴他這其實全都是眞神的旨意？

……還是算了，這樣說的下場好像會很慘。聰明如夏思思，瞬間便打消了這個不切實際的念頭。

身爲魔法師的芙麗曼毫不避諱地對卡斯帕表現出強烈興趣，向少年詢問了不少教廷以及光明魔法的事情。卡斯帕除了眞神外的另一個身分是與教皇平起平坐的大祭司，言談間偶爾道出一、兩句心得，已令女子在短短時間裡獲益良多。

「真厲害！想不到小帕你年紀輕輕，還只是名見習祭司，已有如此卓越的見識。說起來，你看起來也不滿十五歲，學習光明魔法的日子應該還很淺吧？」驚歎了聲以後，芙麗曼忽然把魔掌伸向少年那長相平凡、皮膚卻很白嫩的臉頰道：「好好喔！皮膚又白又嫩，果然年輕就是本錢！」

「妳說年輕的傢伙，根本就是隻活了不知道多少年的老妖怪！」翻了翻白眼，夏思思很不客氣地於心裡吐槽。

在眾人輕鬆談笑著前進之時，領先走在商隊前頭的護衛忽然停頓下來並做出了警戒的手勢。

在這突發的狀況下，便展現出這支小商隊的團結以及豐富的行商經驗了。一眾護衛迅速把商人與貨物包圍在保護圈裡，並取出盾牌以防箭矢等遠程武器的偷襲，同時商人們以馬車及貨物等作掩護躲藏起來，連串的動作前後花不到十秒。

很快地，位處前方的護衛打出了一個新手勢，這手勢一出，便見神經緇緊的眾人鬆了口氣，但卻沒有放鬆應有的戒備。隨即商隊之首歐恩、護衛頭領保羅，以及康斯與伊達不約而同地策馬上前。

「我們也去看看發生什麼事情吧！」卡斯帕本就對走馬看花的旅程感到無聊，看到商隊出了異狀便再也待不住。夏思思略微猶豫後點了點頭，尾隨少年祭司而去；看到僱主上前涉險，芙麗曼連忙跟了上去。

夏思思與卡斯帕二人來到隊伍前方，遠遠便看見眾人聚在一起不知道正商討著什麼。看到他們現身時皆神色一變，只見康斯慌亂地阻止二人上前，道：「思思小姐，你們先不要過來！」

可惜康斯等人的反應反而引起二人的好奇，再加上他們對自個兒的實力有著一定的自信，遠看四人站在那裡也不像會有什麼危險，因此很有默契地裝作沒聽見青年的警告，不但沒有止步，反而加快了前進的速度，瞬間便來到康斯身旁。

當這對不聽話的少年男女把視線從眼前的四名同伴移至他們腳邊的物體上時，夏思思頓時明白康斯阻止他們上前的原因。

地上是一具還流著鮮血、剛死不久的屍體，而且死狀……實在不太美觀。恐怖的程度是普通人看一眼便想嘔吐，看兩眼便會作惡夢的地步。

然而夏思思與卡斯帕俱不是普通人，一個是居住於龍蛇混雜的地區，看著黑幫火拚長大的女孩；一個是領導著人類與魔族抗衡，最後把闇之神封印起來的眞神。兩人皆有著與外表同年紀的少年男女所沒有的沉穩與見識，面對這死狀恐怖的屍體並沒有表現出太大的驚惶，甚至還在四人驚訝的注視中上前默默觀察著地上的屍首。

死者依稀能辨別出是名男子，身上衣物雖然破損又染滿血跡，可是仍看得出質料頗爲上等。屍體的肩膀處插著一支利箭，完全貫穿了男子的身體後再從前方透出，可看出射箭者的手勁有多驚人。

屍體四肢不自然地彎曲著，這種骨折的傷勢應是從懸崖墜落時所造成的。最令人注目的是，男子的左腰凹陷出一個令人怵目驚心的大洞，這應該才是男子的死因，整個左半身的骨頭都被這一擊擊碎了。

除了眼前這具屍骸，遠處更是遍地血痕，百多具屍體連同殘破的馬車靜靜躺臥於黃土上。

這個位置兩旁都是岩壁，形成了一座矮小峽谷。絕對是個從前方、後方，以及上方，同時夾擊道路中間商隊的理想地點。

良久，歐恩吁了口氣，率先打破沉默，「看這人的衣飾應是南方一帶的富商，商隊似乎是遇上強盜後全滅的樣子。他們死前都往前方及岩壁上逃，也就是說，敵人並沒有善用這裡的地形採取任何戰略，單純從我們這個方向衝入峽谷，追殺商隊的人。」

夏思思抬頭看了看四周的岩壁，道：「稍有頭腦的人也懂得在上方用箭射擊狹道裡的人才是最好的做法，可是對方卻沒這麼做。也許是因爲時間不夠？說不定他們剛到峽谷便迎頭碰上商隊，故此來不及形成包圍網。從血跡還未乾涸這點來看，發生時間不會太久，代表凶手來到這裡也只是不久前的事情而已。」

伊達冷冷評價道：「箭手的手勁很強，可是準頭不高，沒有命中要害。崖壁上有血手印，說明了中箭之人負傷逃跑後，血流至掌心，攀爬岩壁途中將血印在崖壁上，並不是在攀爬的途中被箭擊落。」

康斯接著補充：「看崖壁上的血掌印直至崖頂，這人至少已成功攀了上去。峽谷不算高，而且有不少立足點，在混亂中的確是個值得一搏的逃生路線——只要爬得夠快、運氣好，能避過弓箭手的射擊，而且崖上沒有伏擊的話……」

卡斯帕想了想，道：「也就是說，這人是成功逃上崖頂後又遇伏擊，不幸被人擊落山崖致死的。可是這說不過去，思思先前已排除崖上早設有埋伏的可能。要是早早便設下埋伏，那乾脆在上方射箭把人殺掉就好了。」

保羅走到屍體旁蹲下，並按了按屍體左腰那凹陷的位置，道：「可是光靠人力，能把人重擊至這種程度嗎？我剛才派人上崖頂看過了，上面並沒有任何足以造成這種傷勢的陷阱與機關，會不會這只是跌下山崖時撞擊到岩石的痕跡？」

「應該不是墜崖造成的。」夏思思以毫不遜於眾男子的冷靜神情低頭察看地上的屍首，道：「我反倒覺得這傷勢像是……對了！就像是那些黑幫火拚時，被汽車壓過的屍體！」少女一拍手總算想起來，難怪總覺得這種死法怎麼那麼熟悉。

「黑幫火拚？」眾人對望一眼，都從對方眼中看到了深深的疑惑。

那是什麼東西？

「江湖仇殺。」少女想了想，翻譯。

「汽車？」這個也聽不明白。

「墜馬。」再翻譯。

「墜馬會讓屍骸出現凹痕？」

「呃……墜馬以後不幸被坐騎踩了一腳，大概就是這個樣子吧？」這回夏思思不確定了。她見過不少屍體，有被槍殺的、用刀斬死的、因車禍喪生的，卻從未看過被馬踩死的屍體是長什麼樣子……

然而被少女一說，眾人倒是理清了混亂的思緒，「的確，若是於墜崖時撞擊到凸出的岩石，屍體應是被攔腰折斷而不是凹陷出一個大洞。這確實比較像是被硬物重重擊打的結果。」保羅點頭贊同了少女的想法。

「只是，什麼人擁有如此強大勁力，把活生生的人一招擊打成這個樣子？」問題又回到原點。

聽到康斯的喃喃自語，伊達那雙唯一從黑布下露出來的灰藍眼眸精光一閃，道：「是巨人族！這些人都是被巨人殺的！也只有巨人才有這麼大的手勁！如此一來，一切都合理了。不是岩壁上早有埋伏，而是強盜們在攻擊時才分出數人爬上崖壁攻擊漏網之魚。」

「巨人身材高大，這崖壁的高度對他們來說只有三人高，且落腳點又多，就連這個中箭商人也能爬上去，要是兇手是巨人族，上去也只是數秒間的事吧。兇手比這個商人早一步到上面去，然後便在上面守株待兔了。」說罷，夏思思神色一凜，回首詢問厭惡眼前血腥而避得遠遠的芙麗曼：「阿默在哪兒？」

聽到少女的問話，芙麗曼立即回答：「他與雷倫特負責商隊後方，我去喚他們過來。」說罷，便匆忙地轉身離開。

「把奧克德也一併叫來吧！他在馬車行列中。」伊達淡淡地向正要離開的女子說道。

雖然男子語氣冷冽，命令的語句聽起來實在不太順耳。然而眾人早就習慣伊達這種說話方式，熟知他冷漠性格的冒險者同伴更是從未妄想過能從男子口中聽到「謝謝」、「請」等字眼。因此芙麗曼也沒有多計較，爽快地點頭答允下來。

很快地，便見芙麗曼領著三名男子神色凝重地趕來。看他們那副如臨大敵的模樣，顯然已從芙麗曼口中簡略了解眼前的狀況。

「幹！」即使早有了心理準備，可是雷倫特還是被眼前屍橫遍野的景象嚇倒。

髒話一出，身旁的奧克德立即便是一巴掌往男子後腦狠狠巴下去，而芙麗曼則是向對方攤開了手掌……

看到雷倫特鬱悶地把銀幣送往芙麗曼那隻賞心悅目的白皙掌心中，夏思思不禁生起一陣複雜的情緒——最近雷倫特學乖了，已經很久沒聽見對方說髒話，一時間竟有種懷念的感覺……

嘴角掛著似笑非笑的弧度，少女向一旁巨人勾勾手指，道：「阿默，過來。」

在商隊眾人目瞪口呆下，那名脾氣暴躁、身型高大的巨人族竟瞬間變得像頭小狗般乖巧，聽到少女的呼喚後立即衝到對方面前，大氣也不敢喘一聲，哪有半分先前氣焰外露的樣子？

一旁的傭兵們則是一副見怪不怪的神情。想當初他們還擔心夏思思會不會被巨人反咬一口，可是在見識過少女的馴獸手段以後，他們這才發現，自己的擔憂根本就是多餘的。

卡斯帕見狀，不禁掩嘴偷笑，心想馴服巨人算不了什麼。夏思思的身邊早就有著一頭黑色忠犬，而且還是「魔」字頭的種族，這才叫作驚人呢！

當然眾人並不知道少年此刻心裡所想，不然只怕還眞的集體暈倒給他看。

不理會眾人怪異的目光，夏思思指了指地上的屍骸，道：「阿默，我記得你曾說過，利奧波德城以外的荒地，是巨人族強盜阿佳的地盤對吧？」

阿默頷首道：「是的，老大懷疑是『蒼狼』幹的？阿佳統領的強盜團『蒼狼』雖然是很強大的盜賊團沒錯，可是據我所知，他的勢力範圍只至荒漠邊緣而已，這個落石山脈已不是巨人族出沒的區域。」

行商經驗豐富的歐恩也附和道：「巨人族雖然強悍勇猛，可是生活習性與人類相距甚遠，何況他們體型龐大，進入人類城鎭實在過於惹眼，因此大部分巨人都不願意遠離族群。尤其是那些幹黑的，勢力範圍劃分得清楚明確，更不會冒險離開荒漠，遠至落石山脈這兒。」

微微一笑，夏思思悠然說道：「我家鄉有句話：『人爲財死，鳥爲食亡』，尤其是那些以搶劫維生的強盜就更能體現這句話的眞理。在巨大利益的引誘下，有時候人啊，總會想要冒險一拚。」

「也不能說沒有這個可能性，但阿佳並不是那種只懂依靠蠻力的巨人，他所統領的『蒼狼』是唯一一支管理嚴密的隊伍，讓利奧波德城頭痛不已的強盜組織。到底是多大的利益，才能把他們吸引至這兒？」

相較於眾人滿腹疑慮的神情，夏思思卻顯得胸有成竹地轉向一旁的少年祭司，「小帕，你知道這裡有什麼特別的東西嗎？」

雙眼閃過一陣讚賞的神色，無論經歷過多少次，夏思思那異常敏捷的思路還是令卡斯帕感到驚喜，「呵，阿佳應該是看中思思想要的東西了。至於那東西的所在嘛，正巧就在落石山脈。」

「這小子是誰？」卡斯帕不說話，阿默還真的察覺不到隊伍中什麼時候多了這個人。

聞言，雷倫特與奧克德都露出了感興趣的神情，他們早察覺到卡斯帕的存在，只是被眾多屍體吸引了注意力而沒來得及詢問而已。兩人很好奇這名看起來比夏思思還要小上幾歲的孩子從哪來的，而且看他的衣著，好像是名祭司？

「他是我的朋友，見習祭司小帕，你別欺負他喔！」為免阿默被卡斯帕玩死，夏思思很難得地盡了點老大的責任，好心地警告了巨人一句。

可惜這句話來到阿默的耳中卻完全變了質，反倒令男子誤以爲少年祭司軟弱可欺。傭兵團中身爲食物鏈最低層的阿默早就累積了不少怨氣，想他在利奧波德城的時候說有多威風便有多威風，若不是眾目睽睽下敗在夏思思手中以致於在城裡混不下去，而少女又允諾了不少吸引他的好處，阿默才不會如此卑微地賴在對方身邊。

難得現在來了一個怎麼看都是很好欺負的小帕，而且還是最沒攻擊力的祭司，這不正是上天賜給他的發洩管道嗎？想怎樣欺壓便怎樣欺壓，讓他哼也哼不出聲來向老大告狀！

想到這，阿默心情大好，高興得咧嘴直笑，「小帕嗎？呵，歡迎、歡迎！」

面對男子那不懷好意的笑容，卡斯帕也表現出異常的親熱，笑道：「你就是思思新收的小弟阿默嗎？幸會，有空的話我一定會來找你玩的。」

看到兩人像是相識了數十年的老朋友一樣稱兄道弟，雙眼卻閃爍著詭異的光芒，好一副各懷鬼胎的樣子，夏思思挑了挑眉，卻沒有多說什麼。

卡斯帕應該不會把人弄死吧？何況讓阿默碰碰釘子、挫一挫他的氣焰也好，不然他老是以外表看人，總有一天會吃大虧。

於是夏思思甜甜一笑，道：「好啊！我正擔心阿默交不到什麼朋友呢！那阿默你就多去找小帕玩吧！」聞言，男子的笑容變得更燦爛了，早就滿腦子幻想著怎樣欺凌眼前的見習祭司好出口惡氣，卻不知道正是這心術不正的想法，註定了他往後的悲慘人生……

「抱歉，這位……小帕，到底這裡有什麼吸引『蒼狼』的東西？」打斷了少年與阿默那熱情卻又詭異無比的對望，保羅把逐漸偏離的話題拉回。護送商隊的他經常行走這條商道，卻從未聽過這位於商道旁邊的山脈藏有什麼吸引人的寶藏。

何況落石山脈並不是什麼好地方，每到月圓之夜，這個平常看不出異狀的山脈便會落下連串的岩石雨，落石山脈的名字也是由此而來。最離奇的便是到了隔天清晨，那些墜落在地上的岩石就會消失無蹤，徒留地上那被岩石擊打出來的坑洞。如此詭異的狀況每逢月圓之夜從不間斷，爲這座山脈蒙上一片靈異的神祕色彩。

「能夠把那個阿佳引到那麼遠的地方，當然是好東西了。」卡斯帕故意吊大家胃口地停頓了一會兒，這才神祕兮兮地接著說道：「你們知道紅袍法師嗎？」

ch.3
紅袍法師

「你是說屠夫湯馬仕!?」

就連身爲穿越者的夏思思，也常從吟遊詩人口中聽說這位名震安普洛西亞的亡靈法師的事蹟。

傳說在神魔大戰結束後，大量的死亡衍生出一眾由亡靈轉變而成的黑暗生物。巫妖、亡靈騎士、血族、骷髏兵……這些現在只存在於傳說中的不死生物，確實充斥於久遠前的年代。

最先統領人類迎擊這些不死生物的是名曾經享譽盛名的大魔導士，卻於四十歲中年忽然沉迷於亡靈魔法的亡靈法師——屠夫湯馬仕！

這個充滿傳奇色彩的亡靈法師做過不少驚天動地的大事，即使是多年以後的今日，他的事蹟依舊是吟遊詩人最愛傳頌的故事之一。

他曾以強大的法力召喚出骸骨巨龍，擊敗巫妖之王，將血魔趕回幽冥之地。同時在這些輝煌的事蹟背後，卻又大量屠殺人民來建立亡靈大軍。傳說他那身灰色的法袍就是因爲沾染上大量鮮血以及死亡之氣才變成了暗紅色，因此湯馬仕也同時獲得了「紅袍法師」以及「屠夫」的外號。

這名被世人稱爲屠夫的亡靈法師，到了晚年手段變得益發冷血殘暴，甚至生起了把自己變成巫妖以求獲得永恆生命的念頭。面對如此強大殘酷，並且將會變成永垂不朽的黑暗之力，一眾修行光明魔法的法師不得不團結起來與之抗衡，終於成功重創湯馬仕，將黑暗生物的搖籃——幽冥之地封印起來。

這些挺身而出的光明組織正是眞神的第一批追隨者，也是如今教廷的前身。

紅袍法師逝世已久，可是時至今日，「屠夫」的名號仍舊足以令一眾眞神的信徒聞之色變。只因當年的戰況實在太慘烈，安普洛西亞帝國幾乎一半的土地遭到死亡之氣侵蝕，無數生命頃刻間死於亡靈大軍手下，又或是被濃烈的死亡之氣轉變成黑暗生物的一分子。

此刻，這個只令人聯想到死亡與黑暗的名字從少年祭司口中道出，頓時令眾人倒抽口氣，露出了難以置信的神情。

「難道紅袍法師與聖物碎片有關？」這個念頭一出，夏思思立即被自己的想法嚇了一跳。

一個是神聖的聖物，一個是邪惡的亡靈法師，兩者就像是冰與火般無法相容的存在。湯馬仕不比奈伊，這名亡靈法師是個確確實實與他邪惡身分相符的屠夫，只怕他一接近碎片，便會激發出隱藏其中的神聖力量。無論這名紅袍法師有多邪惡，以碎片的力量包準瞬間便把他照得融化掉！

在所有人驚愕的注視下，語出驚人的見習祭司彷彿察覺不到射在身上的銳利視線，以很歡樂的語氣續道：「對！正是屠夫湯馬仕。於教廷中身居高位的老師曾告訴我一個內幕消息，紅袍法師的陵墓暗藏於落石山脈中！」

「紅袍法師的陵墓！」少年的話實在太令人震驚。即使眾人或多或少也猜測出卡斯帕口中的「好東西」與屠夫湯馬仕有關，可是仍舊被嚇出一身冷汗。那並不是區區的一本咒術書或是魔法道具，而是整整一座陵墓耶！

雖說當年屠夫被光明組織重創後元氣大傷，在眾多光明法師的打壓下，這個一代霸主最終只能帶領殘留下來的亡靈部屬隱退於歷史的洪流中。最終身受重傷的他，不但無力轉變成巫妖，更因傷勢甚重，大戰後不久便鬱鬱而終。

誰也不知道這名傳奇的亡靈法師是如何度過生命中最後的歲月，然而可以肯定的是，這個傳奇人物並沒有把一生的成果交託給親人或弟子，眾人皆猜測這些東西全都保存在他的陵墓中。

或許在世界各地都有教廷設立分部駐守的現在，驅使死亡之氣與黑暗生物的亡靈魔法已經不再受重視，然而眾人並沒有忘記，湯馬仕在成爲亡靈法師以前已是個享譽盛名的大魔導師！

想想，一個不足四十歲的大魔導師！說是天才中的天才也不爲過。湯馬仕所留下來的筆記、使用過的魔法器具，可謂價值連城，誰不心動？誰不想獲得？

若卡斯帕情報正確，那麼阿佳率領蒼狼來到落石山脈的原因也就說得過去了。

看著滿地屍骸，歐恩不禁嘆了口氣，道：「這隊商隊還眞是倒楣。」說罷，卻又不禁慶幸，若不是這些走在前頭的人先一步成了犧牲品，只怕現在躺在地上的就是他們了。

「蒼狼」這次下狠手，除了想要滅口外，特意留下這些死狀恐怖的屍骸更是爲了下馬威。明確告訴路過的商隊以及此地的強盜團，落石山脈已經被他們所霸佔，成爲「蒼狼」新的勢力範圍。想活下來的話便退後，不怕死亡的話儘管上前挑戰。

——地上的屍體所要表達的，正是如此狂妄的意思。

此舉與狠狠甩了這區的盜賊團一巴掌無異，除了讓人驚歎於「蒼狼」的氣魄外，也充分展現出他們對自身實力的自信。

既然人家都已經藉由這些屍體把話挑明了，歐恩當然不會如此不識抬舉地繼續前進。紅袍法師的陵墓雖然吸引人，可是怎樣也及不上自己的性命重要。面對「蒼狼」，歐恩還沒有不智得妄圖能夠虎口奪食。不見這隊人數比他們足足多了一倍多的商隊也難逃全滅的命運嗎？歐恩並不認爲如此強悍的敵人，是單憑他們這個小小商隊所能與之抗衡的。

與保羅對望一眼，二人合作已經不是這一、兩天的事情了，光從這一眼中便已達成了讓商隊繞道而行的共識。

誰知道就在一切塵埃落定之際，夏思思卻語出驚人地道：「我要進入陵墓去找回一樣東西。」

「媽的！思思！妳瘋了嗎!?」雷倫特脫口而出便是一句髒話，然而此時驚呆了的芙麗曼與奧克德也管不了他那麼多了。少女所說的話實在太嚇人，他們實在想不出夏思思怎麼會忽然想不開。

就連最為冷靜的伊達瞬間也露出驚訝的神情，只見男子不滿地皺起了眉，道：「別開玩笑了。」

「誰那麼空閒開玩笑？」少女翻了翻眼，道：「你們以為我很想去陵墓找麻煩嗎？只是不拿回那東西，將來我可是會小命不保的耶！」聖物碎片是勇者的保命符，不得不拿回來啊！

一時間，眾人看向夏思思的眼神變得很奇怪，「思思妳……與紅袍法師難道有什麼關係？」

也不怪他們這麼想。夏思思的身分本就神祕，現在還大剌剌地說要闖入屠夫的陵墓取東西，無論怎樣看也不像是與湯馬仕無關。

「可別胡說啊！雖然我也很想看看腐爛的亡靈法師到底是長什麼樣子……」

聽到夏思思在否認後，卻又表現出對亡靈法師充滿好奇與憧憬的神情——她與湯馬仕似乎……真的無關？

只要是對亡靈法師稍有認識的人，都不會像少女般把他們與黑暗生物弄錯的。

「思思，基本上亡靈法師還是活著的人類，會腐爛發臭的是那些喪屍與骷髏兵而已。」卡斯帕很冷靜地向少女解釋。

「噢……」聞言後發出失望的嘆息，夏思思的情緒明顯低落起來。

此情此景，看得眾人不禁於肚子裡大聲吶喊——

拜託妳別因爲對方長得不夠恐怖而沮喪好不好!?

就在此時，一陣微弱的沙沙聲從上方傳來。心頭生起了不祥的預感，夏思思也不理會到底發生了什麼事，瞬間便放出一個水幕覆蓋了上方天空。

少女從不避諱自己怕痛又怕死，加上她擁有一身用之不盡的變態魔力，便養成了一有風吹草動便先放出防護魔法再說這種自然反應。

可是這次還眞的給她矇對了！一時間銀光閃現，大量於陽光下閃爍著光芒的銀箭從山脈上方激射而下。看那密集且不留一絲死角的凌厲攻擊，對方顯然不打算留下任何活口。

雖然箭雨來自四面八方，可保羅的手下都是訓練有素的武者，立即循著箭矢的軌跡知曉敵人躲藏的位置。一時間在水幕的掩護下，眾護衛反應迅速地拉弓反擊，反而射殺了對方不少弓箭手。

這次「蒼狼」本打著一招便重創這隊小商隊，甚至殲滅的心思，怎料竟被商隊中一名年輕女孩洞悉先機。而且對方竟還是一名魔法師！只見她光是使出一個簡單的魔法水幕，不但令他們這次的偷襲失效，更讓偷襲者暴露了所在位置。既然已經暴露形跡，強盜們也就乾脆顯露出身影，頓時，眾多高大的持弓身影黑壓壓地出現於山脈的岩石上。

視線冷冷地掃過山脈上那些比人類龐大的身軀，伊達淡然說道：「現在也不用討論是否繞道了，『蒼狼』的諸位似乎一直在這兒守株待兔，不打算放過任何路過的人呢！」

第一輪攻擊全被水幕擋下，「蒼狼」並沒有驚惶失措，而是冷靜無比地把輕巧的箭矢更換成沉重的石箭。可看出這隊由巨人族組織而成的盜賊團果真如阿默所說般，並不光只是憑藉武力成名的烏合之眾。

看到敵人的陣勢，夏思思二話不說便把水幕撤掉，芙麗曼見狀只好無奈地接任起防護的責任。

「嗚～思思妳太狡猾了！」石箭造成的壓力與鐵箭絕對無法相提並論，雖然速度與銳利度大減，然而沉重的石箭每一擊都異常沉重，讓防守的芙麗曼感到無比吃力。

康斯等人見狀，立即加快射箭的速度。果然攻擊就是最好的防衛，快要支撐不住的芙麗曼頓感壓力大減，閃爍不斷的光之護盾也變得堅固起來。

當中最出色的射手非伊達莫屬。在西方森林時夏思思就已察覺出這名雙眼銳利得彷如鷹目的男子是名出色的神射手，只是卻很納悶爲什麼從未看過伊達身上攜有弓箭。

此刻危急的形勢逼得伊達不得不使出全力認眞面對，也令少女總算弄清楚這個埋藏於心裡問題的答案。

伊達擅長的武器並不是長劍，也不是少女所以爲的弓箭，而是殺傷力強大、能夠迅速連發的弓弩！

弓弩最大的優勢除了輕巧外，便是把出箭的時間大大縮短。而伊達的弓弩更是經過特殊改造，不只威力強大，出箭速度更快捷得幾乎沒有絲毫間斷。

要知道在戰場上，很多時候一秒的先機便足以影響戰果。伊達的弓弩相比要拉弓的箭矢顯是佔盡便宜。加上男子出色的準確度，只見一箭一人竟是箭無虛發，光是伊達一人便射殺了敵方大半弓箭手。

弓弩雖好，卻是須要高度技術才能製作出來的武器。尤其它的最大的缺點是威力不足，若不附以魔力，恐怕就連皮革也無法射穿。

製作附魔器具正是高階鍊金術師的工作。也就是說，弓箭手並不是不知道弓弩的好，只是殺傷力強大的弓弩往往都是天價，尋常武者實在負擔不起啊！

此刻見伊達出手，令夏思思不禁重新估計起這名蒙面男子。

伊達若不是身懷龐大的財富，又或是他本身就懂得鍊金術；再不然，便是伊達其中一名關係親密的親友正是高階鍊金術師！

不論哪一點，都足以讓夏思思對伊達產生出濃厚的興趣。

可是現在並不是挖同伴祕密的時候，雖然己方的反擊確實令芙麗曼獲得喘息機會，然而雙方在人數上終究存在巨大的落差。時間一長，支撐著魔法護盾的芙麗曼開始力不從心。

隨著沉重的石箭擊落於護盾上，女子嬌艷的桃紅粉臉益發變得蒼白，額上更是浮現出細細汗珠，滿臉疲憊之色。

這名嬌弱貪財的女子倒意外地堅毅，明明精神力已接近枯竭，偏偏就是硬撐著沒有絲毫退縮，拚命守護著身後的同伴。

即使是身上沒有魔力波動的武者，也知曉精神力枯竭對魔法師來說是世間最痛苦的事。不但會感到頭痛欲裂，事後更會有好一段時間無法感受到魔法元素。可是芙麗曼卻由始至終都沒有喊過一聲苦，令眾人看她的眼神變得敬佩起來。

就連身爲女子的芙麗曼都能忍耐痛苦頑強抗敵，自己身爲男子漢又怎能膽怯退縮？如此想著的眾人，更是瘋狂地射出手中的箭矢，一時間敵方傷亡大增，即使是「蒼狼」這些長年徘徊於生死邊緣的亡命之徒也不禁感到心寒，隱隱已心生退意。

就在此時，一直苦苦支撐的芙麗曼終於精疲力竭，眼前一暗便昏了過去。阻隔在商隊與強盜間的魔法護盾立即變得稀薄，眼看再遭數下打擊便能將其擊破。

見狀，「蒼狼」的強盜們爆發出一陣強大的歡呼聲，更是如狼似虎地把石箭往黯淡無光的護盾射去。

扶住女子虛軟的身體，卡斯帕臉上不見絲毫驚惶。若細看，便會發現少年祭司的那雙凝望著「蒼狼」的眼瞳清清楚楚閃過一絲憐憫與嘲諷。

康斯等傭兵則是不由自主地把視線投往夏思思身上。不同於商隊的人，西方森林的旅程讓他們切實瞭解到這個神祕少女的強大實力。雖然捉摸不到她的底細，對於少女有沒有辦法讓大家度過眼前危機他們也沒有底，但是在無計可施的狀況下，他們都不自覺地把希望投注在夏思思身上，期望她能夠創造出奇蹟。

結果一往夏思思身上看去，一眾傭兵這才發現他們誤以爲一直躲在旁邊納涼看戲的少女，正以不引人注目的狀況下低聲喃喃自語著，開閤的嘴巴中道出連串冗長又艱深的咒語。

康斯等人不禁相顧駭然。夏思思那強得見鬼的魔法實力他們是見識過的，在利奧波德城時，大得足以困住兩名巨人的水球她說凝聚便凝聚，不只無須任何咒語，神情更是輕鬆得根本就不把強大的魔力消耗當作一回事。

此刻看到夏思思竟然一臉嚴肅地唸咒文，這簡直就比看見一隻螞蟻把大象吞掉更讓人感到震驚！

平常她使魔法時不是說瞬發便瞬發的嗎？這傢伙，這次到底打算使出多驚天動地的魔法!?

在西方森林一直被夏思思拿來做魔法實驗的雷倫特與奧克德，此刻心頭忽然浮現起一股不祥之兆。戰戰兢兢地抬頭一看，果然驚見天空上不知不覺已聚集了令兩人異常熟悉、且此生難忘的帶電黑雲！

看到這個以爲此生再也不會遇見的夢魘，兩人簡直連想死的心情都有了……

就連眞實身分爲眞神的卡斯帕，看著雷雲的眼神也閃過一絲興味。這個勇者竟然把數種元素混合在一起創造出新的魔法，該說她大膽呢？還是瘋狂比較好？

果然，夏思思這個人總會做出令人意想不到的事，有她在的話，自己便永遠不會感到沉悶。那時候在人口眾多的地球中選擇了她，自己眞是太有眼光了！

眾人抬首發現雷雲後，腦中轉動了各種心思，這其實都只發生在數秒之間的事。很快地，一陣猛烈的巨響瞬間掩蓋了強盜因打破芙麗曼的魔法護盾而爆發出的歡呼聲。

由閃電形成的光柱從天而降，分毫不差地劈向「蒼狼」的所在位置！

被雷電迎面擊中的強盜連慘叫聲也來不及發出，眨眼間便灰飛煙滅。距離較遠的人雖然沒有被正面擊中，可是擴散於山脈表面的電流卻讓他們全身麻痺，皮膚被大面積炙傷，名符其實的不死也要脫層皮。

這正是夏思思想要的結果。這個雷電魔法她若全力施展，只怕就連落石山脈也會被這招轟掉一大半，然後商隊眾人便會被落下的岩石淹沒，敵我雙方一個不留地死光光……

夏思思事前所吟唱的咒文除了有小部分是使出這魔法所必須的咒文外，大部分卻是用於把雷電的威力削弱至最低。除了那些不幸被正面擊中的倒楣鬼，受到波及的強盜雖然傷勢嚴重卻沒有生命危險。看似悲慘，其實夏思思已經特意保全他們的性命了。

至於被擊中的人也只能說他們運氣不好。至少這些人的死亡是必須的，少女需要以他們的死來震懾餘下的強盜，讓敵人再也生不出反抗的心思。以一面倒的實力殺雞儆猴，這是停止這場戰爭最快、也最有效的方法。

所以說夏思思使出這種大殺傷力的招式，並不是想把「蒼狼」滅絕。相反地，她是故意要給他們一個投降活命的機會。

雖說這一擊在夏思思的有意削弱下，威力連應有的十分之一也稱不上，但已足以讓「蒼狼」驚懼不已，高昂的士氣瞬間被少女的殺招打擊得蕩然無存。

夏思思皺起了眉，心想殺人的感覺果然很不好。可是轉念一想，正因爲此刻勝利的人是他們，她才能有閒暇來同情敵人；若戰敗的是己方，只怕已落得全軍覆沒的下場了。

想到這兒，雖然對於第一次殺人仍感到心裡有點不舒服，但夏思思很快便釋懷了。既然對方跑來招惹他們，那就要有被殺的覺悟。在戰場上生命都是平等的，被敵人幹掉的話只能怨自己的實力不夠。

「天啊！這、這到底是什麼魔法⁉」奧克德的嘴巴震驚得闔不起來，張得大得足以塞入一個拳頭。

雷倫特則是瘋狂地爆發出連串髒話，彷彿這樣做才能平復激動的心情。

夏思思這次所使出的魔法破壞力實在太驚人，與之相比，先前在西方森林那些實驗性質的雷電簡直與搔癢無異。

抬頭看了看天上凝聚不散的帶電雲層，夏思思想也沒想便脫口而出，道：「這個嘛……渡劫成仙必遇的天劫——大衍神雷！」

「？？？」

「拜託……有沒有誰能過來幫忙？」就在敵我雙方都被夏思思突如其來的一擊震懾萬分之際，一個略帶青澀的少年嗓音無奈地響起。

隨著這聲提問，眾人紛紛把視線投往說話的卡斯帕身上。這一看，不少人都禁不住笑了出來。

身爲「沒有什麼攻擊力的見習祭司」，卡斯帕在這場戰事中的唯一貢獻，就是扶住了力竭昏倒的芙麗曼。

此刻，身高只到芙麗曼肩膀的少年使盡力氣地支撐住女子軟倒的身體，表情說有多吃力便有多吃力。這種讓全天下男子都羨慕不已的差事，落在少年身上顯是與做苦力無異。

「小子加油！是男人的話便來個公主抱！」

「苦著一張臉做什麼？美人在懷，此刻不佔點便宜還待何時？小孩子就是小孩子！」

「手再放高點……哎！你這小子連抱女人也不懂嗎？」

結果卡斯帕所期待的援手並沒有出現，反而爆發出一堆令人哭笑不得的建議以及加油聲。

其實以卡斯帕的實力，只要動動念頭便能讓芙麗曼立即轉醒。可是做戲做全套，難得隱藏真正身分出來「體驗生活」，如非必要，他絕不會使出見習祭司以外的實力惹人猜疑。何況看這些人被自己矇在鼓裡的樣子，也是種樂趣啊！

若這些在旁幸災樂禍看好戲的男子知道了卡斯帕此刻心裡所想，只怕就不是哄然大笑，而是集體吐血了。

不愧是教導夏思思魔法的人，懶鬼的師父果然同樣腹黑無恥……

以祭司弱小的體力來支撐芙麗曼實在吃力得很，卡斯帕氣鼓鼓地正要發難，卻忽然感到身上的壓力驟然一輕，卻是伊達一言不發地把芙麗曼攔腰抱起。

雖然伊達一直不說，可是眾人都看出男子對待同伴時的疏離態度，尤其對於身體嬌弱的芙麗曼，伊達每每更是顯現出一絲不屑。

至於與女子同樣纖弱的夏思思……伊達早就把她視作非人類的存在，因此不算於尋常女子的行列。

此刻這個冷漠的男子竟主動出手幫忙，而且幫助的對象還是他一向不屑的人。這教眾人如何能不為此感到驚訝？

看到卡斯帕呆呆地愣在原地，伊達有點不耐煩地皺起了眉，道：「治療。」

「啊！呃……是的。」少年這才清醒過來，慌忙上前檢視芙麗曼的狀況。

卡斯帕當然能夠令女子被淘空的魔力瞬間回復到盈滿的狀態，可是他自然不會展露出全部實力。少年裝模作樣地唸出一段咒語後，芙麗曼便籠罩在一股柔和的聖光之下，女子痛苦的表情立時便平靜下來。遺憾的是，這種低階治療術只能恢復體力而已，芙麗曼要再度使用魔力，只怕還要耐心等待好一段時間。

瞄了一眼少年手中的低階魔杖，夏思思湊上前低聲問道：「你這身裝備是怎樣來的？」不論是那支樸素無比的魔杖，還是那件見習祭司袍，全部都有著使用過的痕跡，顯然並不是為了這次旅程而添置的新裝備。

聞言，卡斯帕神祕兮兮地低笑道：「這是主教當年作見習祭司的時候外出歷練的裝備喔！」

「……我記得主教大人剛出生便帶有聖光，被上一任主教收爲關門弟子，自小於教廷中學習神術。他首次外出歷練時，好像已經是個高階祭司了吧？」夏思思心裡那個汗啊……又一個扮豬吃老虎的傢伙！

ch.4
強盜・蒼狼

得悉芙麗曼已經沒有大礙，安心下來的夏思思便不懷好意地看向一旁的俘虜。

在卡斯帕治療芙麗曼時，商隊的護衛已把那些被電擊得全身麻痺的強盜捆綁起來。不得不說巨人族的身體果真比人類優越得多，若是人類被如此強勁電流擊中，說不定早已心臟麻痺而死，可是這些強盜卻只是表皮被電流炙傷而已，一些體魄健壯的強盜甚至已恢復了知覺激烈掙扎起來，即使是無法動彈的強盜，也在不怕死地大叫大嚷，完全沒有任何當俘虜的自覺。

看到夏思思這個害他們戰敗的罪魁禍首走近時，不少人更是立即向少女破口大罵，內容要有多難聽便有多難聽。

夏思思也沒有生氣，只是笑咪咪地向阿默招了招手。

「妳這賤人！有種便把我殺掉，妳以為找個巨人來毆打我們就會怕了嗎？」看到夏思思只是勾勾手指，阿默便立即跑過來恭聽著少女說話的狗腿相，強盜們的罵聲隨即變得更響亮，俱覺得阿默對個人類少女卑躬屈膝實在丟盡巨人族的顏面。

只見夏思思在阿默耳邊不知說了什麼，阿默頓時露出了很古怪的表情，並且一臉同情地看著那個罵得最大聲的強盜。

「哎……我敬重你是條好漢，你就別再罵我老大了。」很難得地顧念一點同族之情，阿默搔了搔臉，一臉無奈地勸說。

「我連死都不怕！會怕一個人類的小娃娃？別作夢了！有種就放開我，看我一隻手指就可以把這賤人殺……唔唔……」

在敵我雙方的注視下，阿默一把脫下腳上的鞋襪，以令人無法閃避的速度，飛快地將剛脫下的熱騰騰襪子塞進仍舊破口大罵的強盜口中！

被強塞襪子進口的強盜痛苦得直翻白眼，阿默那隻襪子的味道顯然並不怎麼好，眾人震驚的眼神隨即被憐憫所取代……

那些前一秒仍在掙扎怒罵的強盜們，在慘劇發生的瞬間更是全體被人扣住喉嚨般失了聲，以一臉活像見鬼的神情驚嚇地閉上嘴。

眾人把視線由拚命翻著白眼的強盜轉移至依舊笑咪咪、看似心情愉悅的夏思思身上……

鬼！這個人絕對是惡鬼！

先前那個強盜還誇下海口說他連死也不怕，卻不知最痛苦的不一定是死。夏思思不殺他，自有讓他生不如死的手段！

「說起來，阿默腳上還有一隻襪子呢！誰想要嚐嚐？」少女以談論天氣般的態度悠然地詢問。

見強盜們瞬間被自己的襪子嚇得臉色發白，阿默一時間心情變得滿複雜的……

獲得預期中的理想效果，夏思思滿意地點點頭，並詢問眼前這些捆綁得像顆粽子的俘虜，道：「誰是阿佳？」

夏思思的恐怖手段深入人心，眾人全都覺得她一開口便詢問誰是首領準沒好事。少女的話引來俘虜群一陣微細的騷動，可出乎意料的，最終沒有人應聲，也沒有人把阿佳的身分指出來。

對此夏思思頗爲意外，巨人族那種以自身利益爲先的民族性少女是見識過的，想不到「蒼狼」的向心力竟如此強，她本以爲在這種狀況下，俘虜們會爭相出賣首領阿佳以換取自己的平安才對。

還是說那個阿佳的震懾力如此強大，強大到手下直至這種時候也不敢出賣？

就在夏思思想著該用什麼手段把人揪出來之際，俘虜群中傳來回答的聲音，

「我就是阿佳了。」

商隊、冒險者、阿默、夏思思，甚至就連卡斯帕在內，所有人在聽到答覆的瞬間全都呆住了。

竟、竟然是一個異常甜美的少女嗓音！

嗓音清脆動聽，光聽聲音已令人不禁要揣想它的主人會是長得如何出眾的美少女。

惡名昭彰的「蒼狼」首領，竟然是個擁有如此甜美嗓音的女子!?

看到夏思思等人震驚的神情，強盜們驕傲地說道：「猜不到吧？我們的頭領可是個大美人！」

回過神來的瞬間，所有人皆不約而同地往聲音的來源處看去。正所謂好奇之心人皆有之，誰也迫不及待地想看看這個他們一直誤以爲是個大男人的阿佳到底長什麼樣子。

然後，眾人立即體現出「好奇心足以殺死一隻貓」這句話的精髓！

在看到手腳被綁、一臉楚楚可憐的阿佳時，眾人這才發現原來不止是貓，人也是會被好奇心害死的！

相較於瞬間石化掉的眾人，阿默則是雙眼放光，口水嘩啦嘩啦地流下來，道：「天啊！絕色美人！」

眾人絕倒。

眼前這個渾身肌肉賁起，手臂足有夏思思的腰那麼粗，臉龐更是粗獷得無論怎樣看也是個大叔的巨人是絕色美女？

夏思思首次發現，原來種族之間的鴻溝有時候眞的難以跨越……

「妳是母的……呃、不對……妳是女的？」眼前的人怎樣看也是個肌肉發達的大叔，夏思思也不管這樣問會不會不禮貌，悶在心裡的問題實在不吐不快啊！

「我當然是女的。雖然我此刻身爲俘虜，但並不代表你們可以任意調戲我！」阿佳狠狠地瞪了夏思思一眼，怒目而視的巨漢外表再配以美少女的嗓音，實在是噁心得很。除了仍舊流著口水的阿默外，受到沉重打擊的眾人，全都腳步踉蹌地後退了幾步。

阿默雙眼閃現出欣賞的神情，道：「好！有膽色的女人！我喜歡！」說罷，便一臉討好地往夏思思湊過去，「我說……老大妳可不可以把這個小美人賞給我？」

眾人無言地向阿默投以古怪的視線，全都在內心吶喊著：「你確定她是『小』美人嗎？請問這傢伙哪裡『小』了？根本就是隻大猩猩好不好!?」

想像到阿默與阿佳親熱的情景，眾人臉都綠了起來。

「不行！即使是俘虜也有人權。在對方乖乖聽話的狀況下，我有義務保障他們的基本權益！」夏思思想也沒多想便正氣凜然地一口拒絕阿默的要求。至於眞正的原因是不是眞的出於正義……也只有她自己知道了。

感激地看了夏思思一眼，阿佳眼中的敵意明顯因爲少女的一番話而減低了不少。「你們有什麼話要問的話便直說吧！」

不愧爲「蒼狼」的頭領，雖然聲音是這個樣子……可是性格卻是符合外貌的豪邁爽朗。

夏思思也不是個喜歡繞圈子說話的人，聞言，便直截了當地說道：「我需要你們提供任何有關落石山脈的情報。你們因何而來，山脈到底藏有什麼東西……我想要獲得相關的詳盡資料。」

阿佳雙眼精光一閃，道：「你們也是爲了紅袍法師的陵墓而來？」

夏思思含笑不語。先前她並不能百分百確定「蒼狼」封鎖落石山脈到底是爲了奪寶還是什麼別的原因，因此在詢問阿佳時存了一份心思，並沒有把陵墓的事情說出來。現在聽阿佳的說詞，這群俘虜果然擁有陵墓的情報！

見夏思思只是微笑著卻沒有回答的意思，阿佳也不在乎。想了想，這名強盜首領說出了令眾人意外的話語：「這些情報我全都可以告訴妳，甚至於你們想要進入陵墓的話，我們也可以成爲助力，但妳要答應我幾個條件。」

夏思思挑了挑眉，被阿佳的話勾起了興趣，道：「什麼條件？說來聽聽吧！」

「第一，這次的事情過後，妳要保證釋放我們所有人。」

「這個當然。」夏思思頷首，這個要求對少女來說只是舉手之勞，卻能獲得一整個強盜團的幫忙，何樂而不爲呢？

同爲商隊的歐恩等人聞言卻皺起了眉，心裡難免不舒服。看到那些商人死得如此淒慘，可殺死他們的凶手最終卻能逍遙法外，不禁生出一種兔死狐悲的悲涼感。

可是他們也明白，若不是夏思思出手，只怕他們早就成爲眾多屍體的一員了，因此即使對阿佳的要求心生不滿，也忍耐著沒有作聲。

「第二，我也不要求獲得任何神器與寶物，可是陵墓中所有尋常的黃白之物我們要分上一半。」雖然「蒼狼」大舉出動本就不是打著尋常財寶的主意，寶石與黃金在紅袍法師的陵墓中算得上什麼呢？可是此刻實力不如人，就只好退而求其次了，總比空手而回來得強。

「三成，我七妳三。」少女想都沒想便立即否決。

「我們已經不拿取任何寶物，只取錢財而已，總不能你們在吃肉，但我們連湯也喝不到吧？」阿佳大聲抗議。

「兩成，我八妳二。」理也不理她，夏思思悠然說道。

「怎麼反而愈說愈少了……」阿佳眞想立即暈倒給她看。

「一成，我九妳一。」

「停！停！算我怕了妳！我收四成行吧？不能再少了，我也得要向部下們負責交代的。」最終阿佳只能選擇妥協。天知道再說下去，眼前的少女會繼續說出多讓人吐血的數字？此刻身爲俘虜的他們，無疑是肉隨砧板上，悲啊……

「成交！」夏思思爽快地答允，一臉賺到了的神情再次讓阿佳有吐血的衝動。

「至於最後一個要求……」一直表現爽直的阿佳忽然變得扭捏起來，粗獷的臉上生起一絲紅暈，雙目含春的樣子把眾人震退了數步之遙。

夏思思只覺手腳冷冰，全身強烈地對阿佳的存在發出了拒絕的訊息。這人果不愧爲「蒼狼」的首領，這種堪比大衍神雷的殺傷力眞的太可怕了！

露出了小兒女姿態的阿佳全然不知眾人內心所想，以甜美的美少女嗓音嬌滴滴說道：「我……我想跟著這位大哥……」說罷，便往伊達所在的位置嬌羞地瞄了一眼。

似乎伊達在戰鬥中的英勇表現，成功擄獲「蒼狼」首領的芳心了。

伊達一如既往地沉默不語，然而一滴冷汗卻緩緩滑過了他的臉龐……

夏思思甚至幸災樂禍地想，伊達的臉遮掩得只露出雙眼，也許黑布下的嘴角正在抽搐也說不定。

「不！這個人類冷冰冰瘦巴巴的有什麼好？小美人妳看看我，我才是最適合妳的男人！」眾人還未從阿佳所帶來的震撼中恢復過來，阿默卻己發出鬼哭神號的叫聲衝過來了。

一腳踢上巨人小腿下五吋的位置，夏思思罵道：「你出來添什麼亂!?」

阿默訕訕地退了回去，然而一雙充滿敵意的眼瞳卻狠狠盯住伊達這個「情敵」，隨即又可憐兮兮地往阿佳看去，表情活像被拋棄的怨婦般哀怨。

「伊達，你怎麼說？」阿佳這個要求夏思思可無法替伊達作主，只好向男子投以詢問的視線。

同時夏思思已在心裡下了決定，雖說她與傭兵們只是僱主與僱員的關係，可是她早已把對方視作同伴看待。若伊達拒絕的話，那夏思思寧可損失「蒼狼」這群優質炮灰，也不會因而把自己的伙伴賣掉的！

身為射手的伊達不只目光銳利，看人的眼光更是一流，夏思思如此詢問顯是把決定權都交到自己手上。少女的表態令這名冷漠的男子不禁心頭一暖，為夏思思的維護而動容。

想了想，伊達淡淡說道：「若只是同行至王城的話，可以。」

相比阿默聞言以後一片灰暗的神情，阿佳的臉簡直就像太陽般亮了起來，道：

「那、那這位哥哥，我應該怎樣稱呼你？」

好一聲「哥哥」，眾人再度踉蹌地後退了數步，剩下伊達一人勇敢地站在前頭迎接阿佳充滿柔情的目光。

不同於夏思思等人是被嚇出來的，同樣被這二字震退的阿默則是一副爲情所傷的樣子，摀住胸口不住悲鳴：「即使如此，我也不會放棄的！」

「……」眾人再度無言。

「思思，這就是你們那邊所謂的『gay』嗎？」對地球有著一定認知的卡斯帕，很認眞地詢問身旁的勇者。

「……雖然阿佳是個女生男相的人妖，可是基本上也算是個貨眞價實的女人，因此應該稱不上是gay吧！」夏思思思量良久，這才猶疑著說出結論。

其實說眞的，對於阿佳的性別夏思思仍舊抱持懷疑的態度……

既然與阿佳獲得共識，「蒼狼」的身分便再也不是俘虜而是合作伙伴了。夏思思毫不猶疑地下令解開強盜們的束縛，態度也隨之變得友善起來。

阿佳不禁驚訝地打量眼前的人類少女。從見面之時起，夏思思便不停令她意外與訝異，根本就無法猜想到對方下一個反應。

看夏思思的表情，她是眞的沒有把釋放「蒼狼」一事放在心上。少女能表現得如此隨意率性只有兩種可能，一是對方是個輕敵的白痴；二便是對方有著強大實力所帶來的絕對自信。以夏思思在談判時的表現來看，絕對不是前者，那就是說，這名少女的強悍超出了阿佳的想像了。

夏思思身爲魔法師自然會有一、兩招強大的保命絕技，然而這些絕招卻是最消耗精神力的。無論多強大的魔法師，只要耗盡精神力便與普通人無異，到時候還不是任人魚肉嗎？

大衍神雷的確是很強大的魔法沒錯，可是面對數量眾多的敵人卻無法一招轟殺。不然這個世上也用不著士兵了，讓魔法師們使出魔法狂轟不就可以收工了嗎？

以阿佳看來，先前的失敗主要在於強盜們被聲勢浩大的雷電震懾，因而完全失去了對敵的鬥志。現在有了先前的經驗，阿佳有信心在她的領導下，即使再度對上夏思思的神雷也能把傷亡減至最低，甚至在少女力竭以後反敗爲勝！

可此刻看夏思思老神在在的神情，阿佳這才醒悟自己還是把眼前的人類少女看低了。大衍神雷絕對不是這個女孩的王牌，夏思思肯定還有其他大絕招。

如此想著的阿佳不禁感到一陣懼怕，還好自己理智地向對方釋放出善意，不然「蒼狼」的下場只怕好不到哪裡去。

其實阿佳也未免太看得起夏思思了。大衍神雷的確是少女的大絕招，可卻是仍在發開中的新魔法，威力強大是其優點，然而缺點卻是難以控制，稍不留神便會迎來敵我雙方死光光的局面。因此爲免誤傷自己人，夏思思出招前得花費大量時間吟唸咒語，把雷電的力量盡量抑壓縮小。

不過少女擁有後著這點倒是眞的，但卻不是阿佳所以爲的魔法招式，而是她身爲異界人的變態精神力。以那強大的精神力，夏思思根本不用擔心魔力枯竭這種狀況，「蒼狼」的人數優勢在少女眼中不値一提，因此她才能如此老神在在地與阿佳談條件。

何況此刻在夏思思身邊還有個僞裝成見習祭司的神明在看好戲呢！說少女有恃無恐倒還眞的是一點兒也不爲過。

卡斯帕又怎會看不出夏思思一直在暗地裡打自己的主意呢，可是眞神大人卻全然沒有把這點放在心上。

雖然夏思思來到個世界的時日尚短，對於很多事情只是一知半解，可是這名年輕的女孩子卻熟悉許多勾心鬥角的卑鄙手段，比很多老油條還要奸詐狡猾。所以，他根本就不擔心夏思思會吃什麼虧。

基本上，卡斯帕覺得再來一隊「蒼狼」也不夠夏思思玩，面對這些空有蠻力的巨人族盜賊，根本就不會有需要自己親自出手的時候。

卡斯帕不禁回想那個與夏思思相遇時龍蛇混雜的城市，少女這些特質大概與她的成長環境有關吧？

ch.5 阿木vs.小妖

對於首領阿佳的妥協條件，「蒼狼」的眾強盜並沒有任何異議。在強盜的觀念中，戰敗便等於死亡，所謂的俘虜是不存在於他們的字典中的，此刻能夠保住性命已經是天大的恩賜。

當然，若夏思思出現任何讓人有機可乘的空隙，他們可不介意冒一點風險來殺人奪寶。

「思思，這樣子沒關係嗎？」康斯看著這些猶如不安分的野獸般伺機而動的強盜，不禁微微皺起了眉。

「我不怕他們貪婪，就怕他們不貪，這些人在探索陵墓時會很有用處的。我最喜歡的就是這種野心勃勃的人，他們就好像貪婪的野獸一樣，只要一點點誘餌就可以讓他們連命都不要。何況，看這些強盜手段凶狠殘忍、殺人如麻，即使利用他們也不會讓我產生愧疚感，那不是很好嗎？」夏思思勾起嘴角，露出了甜甜的笑容，配以她那張清麗無比的臉龐，實在是賞心悅目得很。

可是對夏思思已有了初步認識的康斯，卻對此甜美的笑容有著另類見解——這笑容其實最好不要出現，而且千萬不要是對著自己笑。

先前康斯之所以反對夏思思闖入陵墓，最主要的原因便是實力強悍的「蒼狼」。他並不是怕死，而是不想找死，有那隊全滅的商隊作前車之鑑，稍微擁有理智的人都不會妄圖能以區區五十多人的數量對抗人數眾多的「蒼狼」！

想不到夏思思最終竟以強大的魔法擊敗了整個強盜團，現在既然沒了「蒼狼」這個威脅，那進入陵墓以後便全靠自己的本事了。頓時，康斯感覺到體內所流淌著的冒險之血沸騰起來，自然不再反對夏思思進入陵墓的提案。

出色的傭兵骨子裡都是個冒險者，探索古墓本就是讓他們著迷的活動。歷史悠久的古墓並不是滿街都有的路邊大白菜，難得一生中能遇上一個，而且還是亡靈法師湯馬仕的墓穴，他們又怎能白白錯過？康斯有自信憑他們的實力，即使無法從中獲得巨大收穫，但全身而退應該是沒問題的。

至於商隊方面，歐恩與保羅何嘗不想與夏思思同行？不要說埋藏於陵墓裡的寶物，光是能一探紅袍法師的墓穴，便已是足以畢生拿來炫耀的奇遇了。可惜歐恩身為商隊頭領，很多時候卻是身不由己，就像阿佳先前所說的，領導者必須向自己的下屬負責。加上手中的貨物急著送至王城，因此眾商人只好強忍心中對陵墓的好奇向夏思思等人辭行。

「我們與思思小姐便在此分別吧！這些是妳聘請我們同行護衛的金幣。」歐恩說罷，便向少女遞上一個銀袋，想想也覺得好笑，當時夏思思是以安全理由拉著商隊同行的。現在回想起來，實在不知道到底是誰在保護誰……

夏思思毫不在意地揮了揮手，道：「這些錢你們留著好了。我有新的工作給你們，這些金幣就當作是報酬吧！」

說罷，少女微微一笑，道：「我想請大家在離開落石山脈時，把那些陣亡在山脈中的商人屍體火化後一併帶走，並送回他們的家裡。你們應該有門路可以查到這隊商隊的來歷，對吧？」

歐恩聞言愣了愣，阿佳卻已氣急敗壞地抗議，道：「妳這樣做是故意替我們『蒼狼』添麻煩嗎!?」

「哎，別生氣別生氣，我的話還未說完。」夏思思全然不懼怕巨人狂怒的樣子，反倒阿默看得膽戰心驚，道：「小美人妳千萬別看不開對老大出手啊！老大，妳大人不記小人過，看在小弟的面子上請不要記恨小美人。」

夏思思抬頭看向高大威猛的阿佳，再伸手比了比兩人的身高，隨即撇了撇嘴，道：「到底誰是大人誰是小人啊……」

看少女說得有趣，眾人都不禁被逗樂了，倒是沖淡了不少緊張的氣氛。

「阿佳，妳是打算利用完商隊的屍骸後便把它們銷毀掉，讓死者的親人無從追查，對吧？」

阿佳立即點頭，道：「當然！現在妳讓歐恩把骨灰帶回去……」

「妳先聽我把話說完。」夏思思苦笑道：「把屍體送到城裡並不等於我要揭露你們的所作所爲。相反地，歐恩他們可以訛稱商隊是在別的地方遇難。」

「至於劃分地盤方面，別忘記我們結盟以後，團隊並不只有戰士，還有祭司。雖然只是個見習的，可是設置一個掩飾的結界封鎖進入落石山脈的道路還是能做到的，那就不用再把屍骸放在那裡了。小帕，這種小事對你來說應該不困難吧？」

狠狠瞪了夏思思一眼，卡斯帕這才裝模作樣地露出了爲難的神情，道：「如果只是結界倒還可以……可是請別抱太大期望，我畢竟只是『見習的』。」

「見習的」三個字少年說得特別重，別人都誤以爲卡斯帕是對自己的能力沒信心，只有夏思思知道對方在故意向她表達心中的不滿。

想了想，阿佳也覺得夏思思的安排對「蒼狼」來說利多於弊，也就答允下來。

「歐恩、保羅，這些金幣你們拿著，用來分配給那一隊商隊的家屬。反正我將會獲得陵墓內六成財物的擁有權，這些金幣算不上什麼。」夏思思手一翻，掌心便變出了一個布袋子。看布袋那飽滿的樣子顯然塞滿了金幣。

到了此時，眾人這才醒悟到少女先前與阿佳討價還價的眞正原因，這些財物竟是爲這次事件的死者家屬所爭取的！

打動這些在刀鋒上過活的漢子的，並不是那袋足以讓數個普通平民家庭豐厚地活過一生的金幣，而是少女那份無價的心意。

雖然隱瞞事實這點令歐恩等人感到有點不快，可是他們也明白，相較於殘酷的眞相，對於他們的家人來說，這些金幣才是眞正的安慰與幫助，因此在稍微猶豫之後，便答允下來。

接過這袋沉重無比的金幣，保羅感激地說道：「這次全仗思思小姐妳的幫忙我們才能夠死裡逃生，感謝的話我不多說，將來若思思小姐需要幫忙，我們必定赴湯蹈火在所不辭。」

歐恩泛起溫和的笑，向少女遞出一枚金色小別針，「思思小姐，這個給妳。」

「這是？」別針的外型雕刻成精緻小巧的金色蜻蜓，體積只比金幣大上一點。蜻蜓的雙眼以紫色的水晶製成，看起來既高貴又華麗。

「金蜻蜓商會的貴賓別針！」接受了卡斯帕的治療魔法，稍微恢復精神的芙麗曼雙眼緊盯夏思思手中的別針，狂熱的眼神簡直恨不得把這枚別針呑進肚子裡據爲己有。

不止芙麗曼，就連強盜以及商隊眾人也以一種近乎崇拜的目光看著這枚小小的金色別針。保羅則是露出訝異的神情注視著歐恩，彷彿站在他身旁的人並不是那個搭檔已久的同伴，而是個初次認識的陌生人。

「金蜻蜓商會？」夏思思一臉好奇地反覆玩弄著手中的小別針。

芙麗曼用狂熱的語調解釋道：「那是帝國中首屈一指的大商會。金蜻蜓商會的徽章以蜻蜓眼睛的顏色作爲持有者身分的劃分。思思妳手持的紫眼別針所代表的級別可不低喔！只要戴著這枚別針到金蜻蜓的名下產業消費，便能擁有不少優惠與最高級別的待遇，這是只有商會會長以及極少數高層才有權限對外發放的徽章耶！」

聽到這裡，夏思思總算明白為什麼大家看到這枚別針後會露出如此怪異的反應了。

夏思思筆直地看進歐恩的眸子裡，所說的話雖然是疑問句，可是語氣卻是肯定的，「既然這徽章只有商會會長以及極少數高層才有權限對外發放，歐恩你……並不只是個小商隊隊長的身分那麼簡單對吧。」

微微一笑，青年並沒有直接回答夏思思的疑問，而是逕自從口袋裡拿出一枚金蜻蜓別針別於衣領上。

「眼瞳位置沒有鑲嵌任何東西的金蜻蜓！」芙麗曼掩嘴驚呼。

紅色的蜻蜓眼瞳代表商會成員的身分，而瞳孔所鑲嵌的寶石則代表其階級。基層成員別針上的眼珠位置皆以晶瑩剔透的緋色琉璃所製，只有高層成員才會動用色澤溫潤通透的紅碧璽。

至於金蜻蜓商會的會長，別針所鑲嵌的則是價值不菲的紅色寶石。

與會長的紅寶石蜻蜓同樣稀有的，則是眼眶還未鑲嵌任何東西的別針！

因爲這是商會中唯一一枚、會長繼任者外出歷練時的身分象徵！

金蜻蜓商會基本上是世襲制度，歷任會長繼任人於成年後便得外出歷練五年。試煉內容很嚴格，這名年輕人必須隱藏身分，身無分文地於五年內成立一隊商隊。

若會長只有一名兒女，而此人卻又無法完成試煉的話，下任會長的寶座便會落在能完成試煉的旁系子弟手中。這種方法能杜絕會長的位置被無能者繼承，也是金蜻蜓商會能長久穩坐「第一商會」這個寶座的主要原因。

夏思思聽過解釋後，不禁點了點頭，道：「讀萬卷書不如行萬里路，很了不起的規則，難怪金蜻蜓能成爲王城最強大的商會了。」

一旁的商會眾人則是露出了目瞪口呆的神情，想不到身邊這位一手成立商隊、與自己一起拚搏了五年的歐恩，竟有如此驚人的身分，眾人至今仍有種在作夢的感覺。

保羅擔憂地詢問道：「所以這隊商隊便是你歷練的成果了？現在你把身分公開沒關係嗎？」其他商人在聽到保羅的疑問後，全都露出了憂慮的神情看向歐恩。

歐恩感激地環視四周商人、護衛，以及身旁的保羅。老實說，把眞相說出來之際，他的心情其實是忐忑不安的，深怕這些五年來一起拚搏的同伴無法諒解他的苦衷，會怪罪他把眾人蒙在鼓裡。

五年前的白手起家，直至今天擁有一支屬於自己的小小商隊，歐恩很清楚這絕不是單憑他一個人努力可以完成的。商隊的同伴們在歐恩心目中早已與最親近的兄弟無異，他眞的不希望因爲自己的身分而令雙方的關係產生無法塡補的裂痕。

想不到保羅在得知歐恩的身分後，第一個反應不是責怪他對大家的隱瞞，而是爲他主動把身分揭曉一事感到擔憂，這如何能不教他爲此感動不已？

「早在我二十五歲生日那天便已算是完成了五年的試煉，而且試煉的成果也經由我父親審核承認了。這次是我以商隊隊長身分所做的最後一筆買賣，本就打算到達王城後告訴大家眞相，現在算是提前告知吧！」

頓了頓，歐恩續道：「反正話已說了一半，我也乾脆把剩下的一併告訴你們。以金蜻蜓的慣例，繼承人外出歷練時所創立的商隊，其中的伙伴便有成爲金蜻蜓商會內部成員的資格，而且只對繼承人一人負責；也就是說，你們將會是我繼承商會後的直屬班底。不願意加入的人則能獲得一枚綠瞳金蜻蜓別針，以及一筆為數不少的豐厚資金作爲答謝。在餘下的旅程中，大家可以思考要選擇哪一項。」

歐恩的話立即在商隊中引起不小騷動，成爲金蜻蜓繼承人的直屬部下絕對可謂平步青雲，前途無可限量。至於第二個選擇也同樣吸引人，先不論那筆豐厚的資金數目絕對不少，光是一枚金蜻蜓別針於商界中已是身分以及眾多優惠的象徵，這如何不教這些小小商隊的成員振奮不已。

夏思思可不管商隊成員的心情有多激動，她仍搞不清楚歐恩這份小禮物對於不是商人的她有什麼用處。「抱歉打擾一下大家，誰能解說一下這枚別針的功用？」

歐恩笑了笑解釋道：「思思小姐不是商人，有關商隊與國家所簽訂的各項免稅優惠我就不多說了。這枚別針相等於王城每年一度的拍賣會入場請柬，若想經由商會買賣商品的話，能夠免除一切手續費。還有，持有金蜻蜓別針的人還能免費享用任何商會名下的產業。另外，金蜻蜓商會於世界各地有著一定權力，若佩戴者於外地遇上任何困難，都能在設置於各城鎮的金蜻蜓分會中尋求協助。」

「那麼厲害？」夏思思瞪大雙眼凝望著手中的小小別針，忽然間覺得這金光閃閃的金蜻蜓變得更加耀眼奪目了。

回想當時夏思思只是出於一時興起，決定與商隊同行，想不到竟讓她結識到歐恩這個在商界身分顯赫的大人物，甚至還對對方有了救命之恩。金蜻蜓商會的繼承人耶！夏思思除了感慨自己的好運氣外，一個惡作劇的念頭隨即浮現。「歐恩，到達王城以後你會留守在商會總部嗎？」

青年點了點頭，「是的，在繼承父親的位置、讓我的別針鑲嵌上紅寶石前，我還有好長一段時間須要留在父親身邊學習，並且逐漸掌握商會的運作。」

夏思思黑褐色的眼珠子溜溜地轉，隨即笑道：「那麼，我到達王城以後，會抽空到金蜻蜓的總部探望你的。」到時候，也該讓這名擁有雙重身分的青年嚐嚐他們這次所感受到的驚訝滋味了吧。

歐恩當然不會知道夏思思的惡劣心思，爽快地伸出手與少女一握，道：「隨時歡迎。」

□

能夠於短短五年間從一無所有至成立了一隊商隊，歐恩無疑是個很聰明的人。聰明人都知道祕密知道得愈多便愈危險的道理，因此在阿佳道出有關陵墓的相關情報前，歐恩便領著商隊很識趣地向眾人告辭。

商隊走遠後，阿佳爽快地取出了一幅製作粗糙的地圖，並把一切向夏思思等人交代清楚。「這地圖是我們無意中搶劫得來的東西，當時我們對它並不在意，直至某天，有兄弟在燒燬雜物時把它丟進火裡卻引發了強大的爆炸，我們的根據地足足有三分之一被炸毀，然而這地圖卻奇蹟地完好無缺。我們這才知道它竟然被施加了保護魔法，魔法物品製作複雜困難，地圖上標示的位置顯然不簡單，絕對藏有非常重要的東西。地圖上的資訊雖然有很多地方與現實不符，可是我們在努力下還是確定了這個標記的位置在落石山脈……」

聽到這裡，夏思思其實很想問對方一句——**敢情你們是因為根據地被炸，這才搬窩過來的啊？**

只見阿佳把手指向描繪在地圖上五個標記的其中一點，道：「經查探，我們發現落石山脈正是傳說中紅袍法師湯馬仕所殞落的地點，這張地圖所指的很有可能是他的墓穴。可惜持有地圖的冒險者早就全數被我們殺光了，再問不到這幅地圖的來歷。」

接過地圖，夏思思好奇地仔細打量。破舊的牛皮紙上以粗糙的畫功描繪上一些山林及城市的形狀，看起來與其說這是一幅地圖，倒不如說是冒險者的隨筆記錄更爲貼切。不只完全沒有任何註解，甚至比例上也有不少錯誤的地方，以致眾人只能單憑猜測來確定記號所在的位置。

別人看不明白這張地圖倒不覺得什麼，可是夏思思只看了一眼，內心便受到強烈的震撼。

雖然繪圖者故意把地圖畫得很簡陋，甚至把山谷畫成低地，原野畫成森林來混淆視聽，可是這一切卻沒有難倒夏思思這個親身走過實地現場，而且擁有過目不忘驚人記憶力的勇者。

少女僅憑一眼便辨認出其中三個記號的所在地，正是龍之谷、雪女國度以及妖精原野！

聯想到他們從雪女國度與妖精原野中獲得了什麼，地圖上五枚記號所代表的意義便呼之欲出了。

這張其貌不揚的地圖上所記載的，很有可能就是五枚聖物碎片的位置！

與眞神面面相覷了半晌，夏思思忽然目光炯炯地衝至阿佳面前，道：「這張地圖要多少錢你們才願意出讓？」

身材嬌小的人類少女氣勢洶洶，就連相貌威猛的阿佳也不禁地後退了一步，良久，才找回自己的聲音，道：「根據『蒼狼』的規矩，妳可以拿出同等價值的東西出來，並用決鬥來決定雙方寶物的擁有權。」

「另外，挑戰者不得使用魔法。」阿佳很聰明地補上一句，杜絕了身爲魔法師的夏思思上場的機會。她有信心只要少女不上場，憑巨人族的實力，要勝過這些弱小的人類絕對輕而易舉。

「可以。」夏思思爽快地一口答允下來，道：「我就以此寶石作賭注吧！」

夏思思手一轉，便是數枚閃耀奪目的七色寶石。這些寶石散發出奪目迷人的炫光，它們並不只是尋常珠寶，還是蘊含著魔力的鍊金術材料！

這些寶石並不是來自於瑪麗亞之手，而是出自龍之谷賽得里克的產物，每一顆都是現世之後便會引來世人驚歎搶奪的東西。

當時於山谷上，這些寶石還只是外貌不怎樣的礦石而已，是感覺敏銳的奈伊察覺到礦物散發的魔力，眾人這才挖取了一點帶在身上，不久後，大家都把這件事忘掉了。

直至遇上瑪麗亞，這些醜陋的礦石才在女子的提煉下化爲數十顆美麗奪目的魔法寶石。

夏思思把這些珍貴的寶石送了一半給瑪麗亞作回禮，剩下的則全數存放在儲物戒指內。

此刻少女只從中拿出數顆寶石就顯示出她的聰明與謹慎了。有時候，誘餌並不是放得愈多愈好，不然若是引出野獸的凶性，可是得不償失的麻煩事情。

「這些寶石可以嗎？」看阿佳呆呆地看著寶石沒有回應，夏思思很有耐心地再次詢問。對方這才從寶石帶來的震撼中回過神來，並且忙不迭地點頭答應。

「我們『蒼狼』由副團長阿木作代表。」阿佳說罷，一名長相凶悍、體型即使在巨人族中也稱得上威武無比的男子越群而出，一雙略微細小的鼠目緊盯住阿默不放，頗有挑釁的意味。

「蒼狼」的所有強盜都認爲這場與巨人族的決鬥，同爲巨人的阿默會是夏思思唯一的選擇。

面對赤裸裸的挑釁，夏思思悠然一笑，道：「很威風嘛！給我狠狠地教訓他，小妖！」

隨著少女的命令，一顆可愛的小小頭顱從少女的衣領內霍地探出來。隨即黑影一閃，名爲小妖的挑戰者竟是頭黑色的小貓！

「卡咯」，這是全體強盜的下巴掉在地上的聲音……

「思思小姐，妳……」

「你們可沒說過參與決鬥的一定要是人啊！」夏思思聳了聳肩，表情說有多無辜便有多無辜。

拜託！誰會特意標明這點!?

跳到地上的小妖旁若無人地伸了個大大的懶腰，拉出完美弧度的身體充分展現出貓科動物特有的柔軟度。橙黃色的貓瞳漫不經心地掃過呆掉的眾人，接著討好地向在旁吶喊助威的夏思思咪咪地應了幾聲，看起來有多萌就有多萌。

對方竟然派出一隻貓來應戰，這簡直就是對強者的侮辱！只見阿木臉上得意忘形的表情蕩然無存，變成了滔天的憤怒與殺意。

感受到巨人的殺氣，小妖懶洋洋地抬頭看了男子一眼，大大的眼瞳竟浮現出很人性化的輕蔑神情。

「阿木，小心應戰。」看到小妖那妖異至極的表現，阿佳警告了自家副團長一聲。她並不認爲夏思思會特意派出這隻小貓送死，雖然想破頭也想不出一隻貓如何打敗阿木這個巨人族的勇士，可是不祥的預感還是讓阿佳向同伴做出了警告。

可惜阿木對於阿佳的警告卻不以爲然，滿腦子只想著該用什麼手法把這傷害到他尊嚴的小貓殘忍殺害。

看到阿木沒有把自己的警告放在心上，阿佳只好轉向夏思思再三確認，「即使你們派出的是小貓，但也不能使用魔法輔助牠，身上戴有鍊金術的魔法物品也不行。他們必須單打獨鬥完成決鬥，這是先前約定過的。」

「當然。」夏思思肯定地答允下來，這反應卻讓阿佳更狐疑了……

於是在眾人納悶的視線下，一場人貓對決正式展開。

就連眾冒險者也對夏思思此舉困惑不已，小妖的實力他們是知道的。可是在不使用魔力的狀況下，他們實在想不出一頭剛長牙的小黑貓能有什麼勝算。當然，小妖的黑豹形態也許能讓牠獲得勝利，可是冒險者們不認爲以夏思思的性格，會那麼快把底牌洩露給強盜們知曉。

開戰的哨音一響，阿木便迫不及待地往前衝去。身爲「蒼狼」的副團長，阿木果然自有他驕傲的本錢，力量型的他，速度竟是不弱，眨眼間已到達小妖身前。

不給小貓任何時間做出反應，阿木舉腳便往地上那小小的黑色身影迎面踢去。雖然這場比賽是以其中一方投降，或是無法繼續作戰爲戰敗條件，可是阿木這腳出盡全力，即使是身體健壯的成年男子被擊中也必定重傷，顯是有意憑著這一擊把小妖踢死洩憤。

面對阿木氣勢洶洶的一腳，小妖出乎眾人預料地竟是不退反進。只見小貓柔軟而有力的四肢用力一蹬，黑色的小小身影於半空中劃出一道漂亮的弧度，隨即穩穩落在男子那寬厚的腳背上。

小妖這漂亮的一躍，讓眾人眼前一亮，夏思思更是大聲地爲牠喝采了聲。

成功躍上巨人腳背的小妖伸出爪子往身下的鞋子插下去。雖然幼貓的細小爪子根本無法穿透鞋面傷及阿木分毫，但如此一來，卻讓牠穩住了身體，由於輕敵而失了先機的阿木一時間倒還眞的沒辦法將其甩出去。

堂堂「蒼狼」的副團長竟在眾部下面前與一隻貓糾纏不下，阿木感到臉上火辣辣地燙了起來。偏偏小妖狡猾得很，就是緊抓住鞋子挪動著身影不與他正面交鋒，氣得巨人哇哇大叫卻又拿牠無可奈何。

「這小傢伙不會是故意激怒對手吧？」沒有忽略小妖眼中一閃而過的興味與嘲諷，雷倫特露出難以置信的表情。

奧克德納悶地答道：「……恐怕是的。」小妖的舉動分明就是赤裸裸的挑釁，雖然他早就覺得這頭妖獸很詭異了，想不到牠竟然聰明至此。奧克德差點兒便以爲把阿木耍著玩的並不是妖獸，而是個狡猾的人類了！

此時阿木總算理解到小妖根本就像在他鞋子上生了根，再多甩十多次也無濟於事。於是巨人便停下甩腿的動作，改為伸手想把腳上的黑貓抓下。

任何人想用手觸碰腳背時，無可避免地總要把動作停頓下來並且彎下腰，當然阿木也不例外。

瞬間，異變突生！

就在阿木把甩腿的動作停頓的那刻，小妖抓緊機會鬆開釘在鞋背上的爪子，沿著褲管以極快速度往上跑去！

阿木冷笑一聲，心想這小貓的爪子尖銳確實是尖銳，可是力道卻軟弱無力得與抓癢無異。因此皮粗肉厚的巨人全然不把小妖放在眼裡，看到小妖進入拳頭攻擊範圍，阿木想也沒想過防守，而是一拳便直往黑貓身上揮去！

同時間，小妖亦伸出閃亮亮的爪子，全力往男人最要命的某個部位插下去！

的確，小妖的力量並不大，全力一擊也僅僅只能弄出數個小血洞而已。傷口深是深了點，但卻是絕不會危害生命的皮外傷。

只是若受傷的地方是某個全身最嬌嫩、敏感的部位，那又完全是另一回事了。

「牠是故意的吧！牠絕對絕對是故意的！」看到小妖露出了滿意又凶悍的神情，在場所有男性全都不由自主地下意識夾緊雙腿。看看那痛得面容扭曲，在原地狂叫狂跳不已的阿木，就連旁觀者都不禁覺得痛了起來，並不約而同地露出了憐憫的神情。

「阿木無法作戰，小妖勝。」夏思思笑咪咪地道出令人汗顏的結果。

聽到夏思思的表揚，小妖揮了揮行凶的爪子，趾高氣揚地甩著長長的尾巴往夏思思小跑回去，咪嗚向少女賣萌起來。

在小妖拚命向夏思思撒嬌邀功的同時，阿木卻是雙手摀住重要部位瘋狂蹦跳了好一陣子，隨即視線無意間與見習祭司卡斯帕相接，巨人頓時露出絕望中看見了一線曙光的神情，踉蹌地往少年的方向狂奔著求醫而去。

「淚奔啊……可憐的阿木！」夏思思以不大卻能全場都聽到的音量喃喃自語。

聽到少女的話，眾人再也忍不住大笑起來。

這名殺人無數、於「蒼狼」中素有「殺神」之稱的副團長，即使能在卡斯帕的治療下把小弟弟保住，只怕在「蒼狼」裡的威望也一落千丈了。

但是夏思思不會同情他的！明明只是單純的決鬥，他竟像有什麼深仇大恨似地一開始便向小妖下狠手。這次是小妖有本事這才沒事，不然只怕這頭小小黑貓早就在巨人的拳腳下變成一灘肉醬了！

夏思思向小妖舉起大拇指，道：「小妖，Nice！」

一人一貓頓時露出了陰險至極的卑鄙笑容，看得一眾圍觀者毛骨悚然。

ch.6
進入落石山脈

與少女親熱一番過後，小妖便再度跳進夏思思懷裡蜷縮起來睡午覺，全然不理會眾人往牠身上瞄去時的驚懼視線。

接受卡斯帕的聖光治療後，阿木總算保住了他那受到重創的命根子。然而肉體的傷害可以治療，心靈上的創傷卻難以復元。只見男子神情委靡不振地站在阿佳身旁，再無先前那意氣風發、目中無人的樣子。

看到這場決鬥竟然如此輕易便分出了勝負，阿佳眞是憋悶死了！同時也不得不感慨巨人族雖然孔武有力、先天體格一流，然而腦子卻遠沒有人類聰明。若阿木一開始沒有輕敵，又或者能多善用謀略與技巧的話，絕對不會敗得那麼慘。

就連在族中一直以聰明自傲的自己，也被夏思思這個人類少女吃得死死的，難怪這麼多年來，族人也只能聚居於利奧波德城，勢力再也無法擴展半分。而人類在體質上的先天條件雖然弱小，可是整個種族卻能遍布世上每一個角落。

夏思思把阿佳連串的神情轉變都看在眼裡。少女早就看出對方是個很有野心的人，她帶領部下離開本來的地盤，除了因爲受湯馬仕的陵墓所吸引，難保沒有擴張巨人族勢力、與人類一爭長短的想法呢！

其實要夏思思來說的話，她認爲限制巨人族擴展的主因並不是阿佳所認爲的這些，而是巨人族那種毫不團結的種族性。巨人與巨人之間爲了小小的利益不停地狗咬狗，這樣的種族又怎能強大？

相比之下，雖然人類同樣貪婪，可是卻深明唇亡齒寒的道理。與只能稱作一盤散沙的巨人族相比，人類懂得制定規則與法律，這才是他們遠勝巨人的地方。

可是夏思思不會提醒阿佳這一點。人總是自私的，她可沒忘記自己也是人類，巨人族的強大，對她來說並沒有任何好處。

接過了這次決鬥的戰利品，夏思思把手裡的一枚寶石拋至阿佳面前，在巨人訝異的視線下，若無其事地說道：「我不會讓妳太吃虧的，這顆寶石給妳，算是大家交個朋友吧！」

阿佳粗獷的臉上陡然一亮，喜得以嬌滴滴的嗓音連聲道謝。

雖然最終只能獲得一枚寶石，但她很清楚，若夏思思想要那幅地圖，以少女的實力絕對可以用武力強搶過去，因此，能獲得一枚寶石作補償也已經很滿足了。何況這種寶石價値連城，光是一枚便足以讓她揮霍無度地過一輩子。

而夏思思這個舉動，更是清晰無比地向「蒼狼」傳遞一個訊息——只要跟著她，別妄圖、懷有異心地好好幹活的話，總會有他們好處的！

夏思思此舉雖無法獲得「蒼狼」的忠心，可這個大方的舉動確實把這群強盜收買了。一時間，眾人鬥志旺盛，恨不得立即衝入紅袍法師的陵墓。找不到寶藏也不要緊，到時候多搶著表現，說不定能讓少女再賞賜一點什麼給他們。

感受到「蒼狼」的轉變，康斯實在不得不佩服少女在掌控人心方面確實有一手。「思思小姐妳……到底是什麼人呢？」

夏思思聞言，打量了康斯良久。青年的談吐總是溫和有禮，若他自己不說，只怕別人根本無法把這名溫潤如玉的青年與傭兵這個粗鄙的職業聯想在一起。

「也許待我弄清楚你是什麼人以後，我便會告訴你吧！」夏思思意有所指地笑了笑。

少女的話讓雷倫特等人紛紛把視線轉至康斯身上。一眾傭兵不禁沉思起來，其實仔細一想，不光是康斯，就連伊達也給奧克德他們一種與尋常傭兵格格不入的感覺，只是經過了多次合作的磨合後，這種彆扭的感覺逐漸被他們淡化遺忘罷了。

難道又是一個出來歷練的富家子弟？現在的貴族繼承人都不值錢了嗎!?

「思思小姐妳還眞是睚眥必報的個性啊……」想不到自己只是詢問了一句，對方質疑的話語瞬間便反擊過來了，這讓康斯哭笑不得地搖了搖頭，卻沒有任何生氣或反擊的表現，充分展現出貴族般的良好風度。

「別介懷，思思本就是個小氣的人，你們很快便會習慣的。」卡斯帕從不放棄任何嘲諷少女的機會，從旁插了進來，道：「不過現在我們還是先來研究一下陵墓的所在吧！」

夏思思聞言，不禁移開瞪視著卡斯帕的視線，抬頭看向落石山脈的山頂。高聳入雲的岩層遮掩住天上的陽光，整座山脈蒙上一層陰影。

「希望……能順利就好了……」少女喃喃自語般的低沉話語，隨著一陣突如其來的風聲而消散。尖銳的強風彷如來自深淵地獄的惡魔笑聲，竟是冰冷又陰沉，令眾人對將要進行的盜墓之旅產生一種不祥的預感。

大陸上充滿傳奇與神祕色彩的地域著實不少，如風吹無痕的境之湖，無法燃點任何光亮的幽冥深淵，能夠恢復傷痛的生命之泉等。

而於月圓之夜神祕落石的落石山脈，則是當中最廣爲人知的其中一個祕境。

落石山脈之所以如此出名，主要和它所在的地理位置有關。這座山脈是商隊的必經之路，在商隊開拓商道初期，不知道有多少不明就裡的商隊不幸遇上月圓之夜的岩石雨而喪失了寶貴的性命。

商道甚至曾因落石山脈的特性而一度封閉，直至確定了這個神祕現象只在月圓之夜發生以後才再次開啓。

此刻，夏思思等人連同「蒼狼」的成員浩浩蕩蕩地深入這神祕山脈，他們卻並不是爲了探究有關於岩石雨的祕密，而是爲了尋找隱藏在這兒的寶藏——亡靈法師湯馬仕的陵墓！

越是往內走，便愈是感到氣溫變得陰寒。不同於妖魔之地中那種被人監視的討厭感覺，包圍著落石山脈的是種可怕的死亡氣息。

空氣中彷彿瀰漫著淡淡屍臭，這種讓人窒息的感覺反而令夏思思一行人士氣大增。因爲這一切都證明他們猜對了！這是來自於幽冥之地的氣息，古陵墓果然在落石山脈裡！

也不能說他們多疑，誰教那張地圖標示的位置實在簡陋得無法讓人確信呢……山脈面積廣闊，從山腳前往陵墓需要整整兩天的路程，這還是在眾人沒有走錯路的大前提之下。要是所猜測的陵墓位置不正確，那還不知道要在山脈內逛至何年何月。

夏思思將領導權全權交給了康斯負責，這名經驗豐富的傭兵頭領並沒有推辭，他已看出少女的實力雖是眾人之中最強，但顯然沒有作爲統領的經驗。

進入山脈時，康斯面容肅穆地向眾人沉聲道：「在進入山脈前我只有一個忠告給你們，與亡靈打交道絕不是輕鬆的事情。如果各位不希望在死後屍體會變成噁心的喪屍到處亂闖，直至離開山脈爲止，請各位保持警惕，同時留心地上的影子，因爲黑暗的陰影是亡靈最喜歡藏匿的地方。」

與亡靈交手時，死亡並不是最可怕的，最恐怖的是死後被同化成不死生物，不只靈魂無法安息，不能回歸塵土的屍體只能以可悲的形象活動。所以對於康斯的告誡，所有人全都謹記在心，不敢有絲毫大意。

天色隨著太陽西下而逐漸變得幽暗，陰影內開始出現了一些低階亡靈，令眾人不得不停下前進的步伐。

山脈內部的死亡氣息如此濃厚，天曉得晚上會出現什麼？眾人一致決定等待天亮以後繼續前進。

此刻，安頓下來的眾人正圍坐在生起的營火旁討論山脈的異狀。「眞奇怪，上次我來的時候明明一切很順利，什麼事情也沒有發生。可是這次……」

說話的人是「蒼狼」的斥候阿志。這名巨人族的斥候身材高大壯健，只比阿木瘦上一點，可是卻有著令人驚歎的靈巧與探路能力。

阿志曾爲了查探古墓位置，在山脈中逗留了足足一個月，若要說對落石山脈的了解，在場只怕沒有人比他更爲熟悉。

「先前你們上來探路時，並沒有這些死靈？」康斯皺起眉，回頭看向那些被火光逼退在遠處的虛幻身影。

死靈是由怨靈進化後的產物，雖然與魔族有不少相似處，可卻是完全不同的物種。如果說魔族是吸取人類的負面感情而生的話，那麼亡靈所吸收的則是生命。

因此遇上死靈絕不是什麼愉快的事，他們不怕任何物理攻擊，又喜歡吸食人類的精氣，非常難纏。

死靈畏懼的東西只有光與火。因此卡斯帕這個見習祭司，正好就是這些不死生物的剋星！

無論是聖騎士的聖鬥氣，光系與火系法師的魔法以及祭司的聖光，對於不死生物都有著絕對的殺傷力。因此在場唯一一名祭司卡斯帕雖然自稱是「見習的」，但在面對的是不死生物的大前提下，大家仍是將他視作不可多得的重要戰力。

「是的，我曾多次進入山脈探路。不要說是死靈了，就連黑暗氣息也感覺不到分毫。」阿志納悶地答道。

「我想那是因為我的關係。」就在眾人都在討論著異常狀況的同時，一股略顯青澀的少年嗓音從夏思思腦海中響起。

被這突如其來的聲音稍稍嚇了一跳，夏思思挑了挑眉，用先前在西方森林所研製出的傳音方式，聚集了四周的水氣把聲音傳回去，道：**「你是指你身上的神聖氣息，刺激到聚集在湯馬仕陵墓附近的不死生物了？」

想不到夏思思竟有方法傳音回話，這回輪到卡斯帕訝異地瞪大雙目。還好眾人的注意力全在描述山脈環境的阿志身上，倒沒人注意到他們的異常。

怨懟地瞅了夏思思一眼，卡斯帕的嗓音很快再度於少女的腦海中出現：「是的，而且妳別打算依靠我作最終王牌來對付死靈。先講明，我在這兒只是見習祭司，頂多只會使出那種程度的聖光而已。」

「是『只會』，還是『只能』？」

卡斯帕愣了愣，機伶的雙眼閃過一陣黯然：「是『只能』……維持闇之神的封印已令我拚盡全力了。現在的我，根本無力聚集大量聖光，不然的話，每次在封印有所鬆動時，我親自出面將封印穩固就行了。妳以爲我召喚勇者是貪好玩的嗎？」

面對少年後半段明顯說來氣人的話，夏思思罕見地沒像往常般反脣相譏，只是想了想後，說道：「在我的世界裡，所謂的『神』全都是高高在上的存在，所謂的神蹟都是虛無縹緲的。我從沒想過神也能如此人性化，甚至爲了幫助人類而犧牲自己的力量。你知道嗎，卡斯帕，有時候我眞的懷疑你根本就不是那些虛幻的神明，而是與我們沒有任何分別的人類！」

夏思思的話就像是驚雷一樣讓少年呆立當場。良久，卡斯帕那變得乾澀的嗓音再度於少女腦中響起，言語間竟透露了一種壓抑著的迫切，「妳眞的這麼想嗎？相較於神明，思思妳覺得我更像人類？」

在這番祕密交談間，一直凝望著眼前的營火，看起來就像是對著火光發呆的夏思思，微微點點頭，道：「是的……啊！不對！你不是人類，是活了數百年的老妖怪才對！人類可沒辦法活得這麼久。」

看到少女為了肯定自己的話再度點了點頭，卡斯帕眼中泛起了一抹笑意，傳來的聲音卻說道：「妳這些否定眞神的話若是被信徒聽到，可是不會理會妳是不是勇者，絕對會把妳視作異端燒死的喔！」

可惜夏思思完全不怕他的恐嚇，只回以對方一記白眼。

看到對方的反應，卡斯帕再也忍不住低聲地笑了。隨即，他眨動著眸子，輕輕傳來了一句話語：「告訴妳吧！其實我與羅奈爾得在很久很久以前是朋友。」

大驚爆！眞神與闇之神的驚天大八卦！就連夏思思聞言也沉不住氣，霍地回頭看向身後的少年祭司。過大的動作引起了一些鄰近的巨人注意，在看到發出動靜的夏思思示意沒事地擺了擺手後，便把探詢的視線收了回去。

夏思思此刻的內心遠沒有表面來得平靜。難怪每每在提及闇之神羅奈爾得的時候，夏思思總是能在少年的眼中看到很複雜的情感。

悔恨、惋惜、憎恨、痛苦，以及思念。

聽到少女直白的疑問，卡斯帕不禁想起那個他以爲自己早就已經忘掉了的男人。想起那個總會用一雙黑寶石般深邃眼眸凝望著他、眼裡映襯著他模樣的人。也想起那人在遇上危險時，永遠站在他的身前、替他阻擋所有會傷害他的事物。

以及……他爲了生存，而進行了無數殺戮，身上染滿無辜者鮮血時的樣子。

那時候，對方還不曾背叛他，偶爾會寵溺地對著自己露出毫無雜質的微笑。

經過了漫長的歲月，可是每次回想起那個被所有人畏懼憎恨的存在時，感覺就像是永不褪色的相片般清晰無比。彷彿只要再次伸出手，就能摸到那頭美麗得如夜空般的黑髮；然後對方的雙眼總會露出些許無奈，又冷又酷地說他並不是小狗，卻又爲了遷就比他矮小的自己，而特意彎下腰降低高度……

這些幸福的記憶全都清晰得讓他痛苦難過，卻又無法忘懷。

察覺到少年眼中的痛苦，夏思思很體貼地沒有繼續追問下去。她知道卡斯帕與羅奈爾得有著屬於他們的故事，而這個故事卻是卡斯帕無法癒合的傷口。

經過了漫長時光，這個一直藏於暗處的傷口只怕早已潰瘍化膿，要把它攤在陽光底下到底需要多大勇氣？

因此少女願意等待，縱然她需要這份情報來衡量羅奈爾得這個敵人，卻還是沒有催促卡斯帕分毫。

邊沉思著一切的利害，夏思思邊默默喝著手中的熱湯。卡斯帕的聲音卻毫無預兆地在腦海中再度迴響：「對了，先和妳說一聲。我很喜歡冒險團那個名叫芙麗曼的女魔法師，這次的事件結束後，會把她帶回教廷。」

「噗——」少女頓時把口中的熱湯全數噴了出來。

原來卡斯帕喜歡芙麗曼這種成熟嫵媚的拜金美女!?他的年紀也比芙麗曼小太多了吧？不對不對！卡斯帕這個老妖怪的眞實年紀可比芙麗曼大太多了……

夏思思那顆聰明的腦袋，瞬間陷入了極度的混亂之中。

四周的巨人再次被少女做出的大動靜驚動，這次就連位置稍遠的康斯等人也看過來了。夏思思的臉紅了紅，只好勾起抱歉的笑容示意自己只是不小心被熱湯嗆到，讓眾人別在意。

此時，卡斯帕的嗓音再度傳來：「有什麼不對嗎？」

「呃……沒什麼不對的……如果芙麗曼願意跟你走的話當然很好了。」

「她不會拒絕的。」

好！這句話夠自信！夠男人！可是夏思思想了想後，還是善意地補充了一句：

「無論芙麗曼有多愛錢，你也別想用金錢來打動她哦。以金錢來建立的關係太脆弱，而且也不會長久。」

「這點我當然明白。等著瞧好了！我會讓她心甘情願放棄現今所有，死心塌地跟著我的！思思妳只要今晚替我把芙麗曼約出來就可以了，其他的我自會處理。」

咦咦咦咦咦!?

「這個進展不會太快嗎!?」

「不會啦！我比較喜歡快刀斬亂麻，以免節外生枝。」卡斯帕堅定地說道。

「好！卡斯帕我佩服你！這個忙我幫了。只是芙麗曼也是我的朋友，我什麼都不向她透露的話也說不過去。你知道女孩子嘛……還是先給她一個心理準備，不然太唐突可就不好了。」

「雖然我覺得她知道以後只會高興，不過妳這麼說就聽妳的吧！」

卡斯帕這番話讓夏思思無言了好一陣子，少年這已經不是自信，而是自戀的程度了！可是在「三分幫忙、七分看好戲」的心態下，夏思思還是很興奮地把芙麗曼拉出去竊竊私語了起來。

「咦！小帕他……」聽過前因後果後，女子禁不住驚呼了聲，在發出聲響後立即驚覺到這並不是應該大聲叫嚷的事情，立即雙手掩住了微張的嘴巴，可是睜大的雙目仍能看出她的驚訝。

然而芙麗曼是誰？憑她美艷的出色容貌，身邊從不缺乏追求者，被人表白的經驗她可是著實不少，在一開始的驚訝過後，很快便恢復了平常心，「嘻嘻！小帕眞是個人小鬼大的孩子。不過不得不說這孩子雖然年紀還小，但實在很有眼光。」

只要是女人，沒有人會拒絕受到異性喜愛的，當然芙麗曼也不例外。

聽到芙麗曼的話，夏思思在心裡暗暗吐槽：「**其實妳應該反過來驚訝卡斯帕那個死老鬼，竟然把主意打在妳這個『小妹妹』身上才對。**」

以卡斯帕的眞實年紀，當芙麗曼的爺爺都太老了點。聽女子左一句「小鬼」，右一句「孩子」，實在令夏思思哭笑不得。

看夏思思臉上露出了怪異神情，芙麗曼會錯意地拍了拍對方的肩膀，道：「放心吧！姊姊我不會讓妳的朋友太難堪的！」說罷，便哼著小歌，喜孜孜去幽會了。

然而，女子卻不知道，從頭到尾她們根本就弄錯了卡斯帕的目的了，以至於此刻風騷無比的芙麗曼，在數分鐘後卻面臨了極度尷尬的局面。

很久以後，當人們詢問大祭司芙麗曼是如何被伊修卡祭司挑選爲弟子時，芙麗曼卻是猛然炸紅了臉，露出了一副恨不得找個洞來鑽的尷尬神情。而當眾人轉而詢問當年替兩人穿針引線的勇者夏思思時，換來的卻是勇者大人的捧腹大笑……

這讓芙麗曼的拜師眞相變得更加撲朔迷離，成爲了大陸上的七大謎團之一。

夏思思是唯一一個看著芙麗曼風騷無比地進去與卡斯帕「幽會」，再看著她尷尬得要死，卻又震驚無比地走出來的目擊者。

來到依舊維持著一臉無法置信神情的芙麗曼身旁，夏思思伸出手在對方臉前高調地揚了幾下，道：「怎麼了？被小帕的熱情嚇傻了嗎？」

身為魔法師的芙麗曼雖然外表柔弱，可骨子裡卻是天不怕地不怕的剽悍性子。能讓她如此震驚，可讓夏思思益發好奇到底這兩人幽會時發生了什麼事。

看到出現在身前的少女，芙麗曼猛然一把拉著夏思思的手臂小跑至一旁，劈頭便問：「思思妳早就知道了嗎？」

縱使夏思思有著聰明的腦袋，也被芙麗曼問得愣住了，「知道什麼？小帕要向妳告白的事情？」

芙麗曼聞言，一張俏臉無法控制地再度紅了起來，道：「妳還好意思說！他根本就不是來向我告白的！」

「咦？」這次徹底呆掉了的人換成了夏思思。

彷彿想到了人生中最黑暗尷尬的片段，芙麗曼以不堪回首的語調沉痛地說道：「我一輩子也未曾這樣丟臉過。他根本就不是喜歡上我啦！小帕……伊修卡祭司只是想要收我爲徒而已。」

「哦。原來他說看上妳是這個意思……等、等等！小帕說要收妳爲徒？妳是說眞的嗎!?」夏思思震驚了。

「嗯，他把他的身分也一併告訴我了。思思妳……應該早就知道了吧？」想到自己竟然自作多情地誤以爲大名鼎鼎的大祭司伊修卡要向自己告白，還在對方面前說了那麼多丟人的話，芙麗曼眞的想立即找個洞鑽下去。

夏思思知道眞神這個身分牽連甚廣，芙麗曼所知道的大概只是少年的大祭司身分吧？

光是這樣便已如此激動，不知道若少年的神明身分曝光的話，女子會不會直接被嚇傻了呢？

然而轉念一想，夏思思卻又覺得不對，「可是芙麗曼妳不是主修風系的魔法師嗎？」

「這就是問題所在了。」嘴角勾起一個苦澀的笑容，女子無奈地說道：「伊修卡祭司說我具有光明魔法的天賦，因此他願意收我爲弟子。可是條件是……當他幫我成爲魔導師以後，我必須捨棄多年來所學習的風系魔法，從頭開始改爲主修聖光！」

就連夏思思這個與此事無關的旁觀者在聽及卡斯帕這個條件時，第一個反應也是想要破口大罵。

有這樣子耍人的嗎!?

成爲魔導師幾乎是每個魔法師的夢想，有不少被稱爲天才的法師終其一生也只到達魔導士的程度而已。然而卡斯帕的條件卻是要芙麗曼在到達所有人夢寐以求的位置時，放棄一切所得的力量，從頭再學習別系的魔法！耍人有這樣耍的嗎？

可是換個角度想，沒有高人指點，芙麗曼或許這生根本無法到達大魔導師的程度。是保持著現今所走的道路，還是在獲得一切後重新來過？這實在是個很難下的決定。

「妳想怎麼辦？」這是芙麗曼必須自己決定的事，夏思思可無法替她拿主意。

「伊修卡祭司說可以讓我考慮直至護衛工作結束爲止。」芙麗曼幽幽地嘆了口氣，她之所以加入傭兵團，除了爲了在歷練中提升實力外，何嘗不是因爲喜歡四海爲家的冒險生活？

若眞的成爲大祭司的弟子，那麼她就必須結束冒險生涯，也要與同伴分離了。

夏思思回想當時少年所說的話：「等著瞧好了！我會讓她心甘情願放棄現今所有，死心塌地跟著我的！」

想不到卡斯帕的要求如此徹底，當時他那句「放棄現今所有」並不是說說而已，確實是要芙麗曼捨棄一切跟他離開！

然而收徒這種事情外人是說不上話的。無論卡斯帕的條件有多苛刻，也都是你情我願的事情。何況夏思思也看得出來，芙麗曼早已對此心動，因此少女也不多說什麼，反正無論結果如何，到達王城以後自會分曉。現在還是先把注意力放在四周的死靈，以及湯馬仕的陵墓上吧！

ch.7
黑影

接下來數天，眾人繼續深入山脈的旅途。四周光線益發變得幽暗，飛鳥及松鼠等小動物變得愈來愈少。與之相反，每到晚上，出現的死靈數目卻是與日俱增，其中一些死靈甚至已開始擁有實體，似乎把眾人視作美食般總徘徊在四周，所散發出來的死亡氣息更是令人毛骨悚然。

對於這些等級稍高的死靈，火光已無法構成太大的威脅。唯一能擊退他們的，就只有卡斯帕所使出的聖光，以及被他加持了神聖祝福的兵器。

除了死靈，深入山脈後眾人偶爾還會遇上一些骷髏兵。這些低階不死生物對眾人來說簡直就是不堪一擊的代名詞。骷髏兵不但攻擊力薄弱，脆弱的軀體還非常害怕物理性攻擊，即使是「蒼狼」的強盜們也能輕鬆擊敗他們。骷髏兵的可怕在於龐大的數量，然而山脈中所出現的數量卻少得可憐，老實說，眾人還不放在眼裡。

卡斯帕這個見習祭司的身價，在不死生物的威脅下簡直就是水漲船高。芙麗曼由於魔力透支暫時用不了魔法，夏思思又強烈表明自己只懂得水系魔法，因此卡斯帕便成了團體中最大的依靠。

除了死靈及骷髏兵外，山脈暫時沒有出現新的不死生物。然而康斯等人反倒更是益發地小心警戒，說是步步爲營也不爲過。

死亡之氣是不死生物的搖籃，如此濃烈的黑暗氣息不要說是高階死靈了，就連血族巫妖等難得一見的不死生物也會被吸引而來。不過，現在不要說巫妖，山脈中就連高階死靈也沒出現過，現身的全都是低階至中階的半進化體。

這正表明山脈中隱藏著更爲強大的威脅，因此稍微擁有智慧的不死生物都識趣地躲得遠遠，只剩下一些仍未生出靈智的死靈及骷髏兵受到本能牽引，不怕死地到處遊蕩。

可眾人卻不明白爲何那強大的不死生物至今仍不現身？眾所周知，無論是血族還是巫妖，這些強大的不死生物全都有著高傲的性子，也有著不把人命當一回事的冷酷殘忍。因此自古以來，人們都把他們視作與魔族同等級的凶物，拚命將其封印在幽冥之中。

這樣高傲的生物，會任由一大群人類在他的覓食場地裡活動嗎？

答案絕對是否定的。

更何況對絕大多數的不死生物來說，人類的鮮血與靈魂都是不亞於死亡之氣的美食。

種種跡象顯示著高階不死生物存在的同時，勇者一行人卻又安安穩穩地沒有遇上任何攻擊與打擾。如此詭異的狀況，只怕是暴風雨的前夕，以致眾人不敢掉以輕心，令本就因死亡之氣而變得鬱悶的氣氛更爲壓抑。

今天眾人一如往常般在天黑以前紮營休息，卻從阿志口中聽到了讓人振奮的消息，領先著眾人在前頭探路的斥候小隊發現了陵墓的位置！

還有半天的路程他們就能到達陵墓了，這消息讓眾人全都露出了進入山脈以後難得一見的欣喜笑容。

畢竟四周的死亡之氣雖然對人體還未濃至造成實質傷害，可還是形成了不少心理壓力。現在聽到馬上便能擺脫這個困境，又有誰能不高興起來呢？

夏思思聞言也鬆了口氣，她實在很不喜歡看到同伴愁眉不展的樣子。

聽著帳篷外負責守夜的同伴依舊興奮地討論著陵墓的事情，蜷縮在被窩的夏思思嘴角勾起一個欣慰的微笑。但當眼皮愈來愈重、意識逐漸變得模糊之際，少女矇朧的雙目卻猛然睜大，整個人「霍」地彈了起來。

粗魯地抓住小妖後頸皮毛，睡意全消的夏思思瞪住被她一手拎起的小傢伙，抱怨道：「你在搞什麼呀？」

雖然小妖只是隻看起來剛滿月的小貓，並不太重，可是被牠一腳踩在臉上還是會嚇一大跳的好不好!?

夏思思抱怨了聲後，隨即又露出疑惑的神情。這頭妖獸雖然天性聰明奸狡，可是卻從未敢把惡作劇的魔爪伸向自己身上。果然，少女定睛一看，小妖那雙大大的貓瞳並沒有浮現出惡作劇得逞後的喜悅得意，又或是害怕被主人懲罰的驚惶，那僞裝成棕色的瞳孔中，竟滿載著焦急與戰意。

「你發現了什麼嗎？小傢伙。」夏思思瞬間把包圍著營地範圍的水霧擴散開來，很快便發現了一抹強大的黑暗氣息。

看著夏思思的舉動，小妖興奮地在喉嚨間發出了充滿戰意的低鳴。牠這段時間顯然悶得發慌了，難得發現隱藏在山脈中的勁敵，骨子裡好戰又凶殘的小妖獸立即憋不住。

夏思思腦中飛快閃過不少處理方案。基本上，只要對方不主動招惹她，她只想要裝作什麼也沒有發現繼續倒頭睡。

然而，理智卻告訴她，明天眾人就要進入陵墓了，誰也說不準湯馬仕在自己的墓穴裡設置了什麼陷阱。以對方亡靈法師的身分，可以預想大量的亡靈守衛應該是跑不掉的。若在那時這不知名的不死生物也來趁機搗亂，那可不是件美妙的事。

因此夏思思左思右想，把此刻的小麻煩與將來的大麻煩衡量過後，還是決定在麻煩還小的時候將其扼殺掉會比較省力。

在小妖的催促下，夏思思不情不願地爬出溫暖的被窩，在水靈放出的水霧掩護下，輕而易舉地越過四周守夜的同伴，偷偷往漆黑的叢林深處走去。

她雖然不懂任何攻擊系的光明魔法，能拿出來見人的也就只有閃光球以及終極治癒術而已，可是對她來說已經足夠了。只因對人類來說，只要還有一口氣在，任何重傷都能治好的終極治癒術，對不死生物卻是終極的殺著，殺傷力絕對不會比高階的聖光攻擊遜色多少。何況身旁還有小妖與水靈這兩個護衛在，因此少女可說是信心滿滿地懷著輕鬆的心情前進。

此刻小妖早已卸去一身僞裝，雙瞳變回了美麗燦爛的金色，尾巴末端的紫色火焰在黑暗中璀璨奪目。背上展開一雙蝙蝠翅膀的牠，戰意高昂，於上空興奮地圍繞著夏思思打轉。

自從斯比蘭城一役後，小妖的黑豹形態便再也沒有出現過。夏思思對此沒有特別深究，反正相較於威猛的黑豹，少女還是比較喜歡小妖的幼貓形態，不只外表可愛，最重要的是，外型比黑豹低調得多了。弱小的外表還能減低敵人的警戒，這外貌用來扮豬吃老虎絕對一流！

很快地，他們來到了瀰漫著濃濃黑暗氣息的區域。

首先映入夏思思眼簾的，是個會動的影子。

眼前黑影詭異地變換著不同形態，有時候是巨龍，有時候是長有獨角的狼，有時候是體積細小的飛鳥。無論它幻化出怎樣的外表，影子四周十六支泛著黑光的短箭都會立即攻擊，使其無法將想要的形態凝聚完畢。

這些只有手掌長度的短箭就像是十六名分工合作的獵人，八支圍著獵物不停旋轉阻擋它逃逸的去路，餘下八支則是以高速交替射向拚命想凝態的黑影，而且每次穿過黑影的身體便直接帶走一絲體內的魔力。在箭矢的圍攻下，影子的顏色變得益發單薄，彷彿下一秒便會消散在空氣中。

雖然黑影此刻的狀態很狼狽，魔力也被箭矢吸收得所剩無幾，可是夏思思仍敏銳地感受到從黑影身上傳來的那種王者級別的威壓。

見狀，她立即停下前進的步伐，遠遠站在戰場邊緣悠閒地觀起戰來。畢竟「鷸蚌相爭」，下一句話是「漁人得利」。

此刻少女那顆聰明的頭腦飛快地運轉起來，思索著眼前這場激烈爭鬥到底能讓她撈到多少好處。

黑影愈是虛弱稀薄，短箭所流動的黑色光芒則愈是明亮穩固，所發出的光芒甚至在短箭移動間拖出了長長的尾巴，看起來活像是十六顆黑色的流星。

小妖鼓動著喉嚨發出陣陣低吼，拍動一雙蝙蝠翅膀停留在夏思思肩膀上。少女很快便察覺到小傢伙心態上的轉變，此刻小妖那雙妖異的金色眸子中所浮現的已不再是戰意，而是急切的渴望與貪婪。

心念一動，夏思思歪了歪頭看著小妖，笑了道：「去吧！不用顧慮我，我可以照顧自己的。」

獲得了少女的允許，肩膀上的小小妖獸立即發出愉悅的鳴叫，猶如一頭除去頸圈的獵犬般，往眼前的獵物高速衝去。

令夏思思稍稍感到意外的是，小妖的目標並不是那團淡薄得快要消散的黑影，而是那十六支充滿闇系魔力的箭矢。飛行中的小妖試探性地放出數枚暗紫色火球，然而素來無往不利的魔族火焰，卻只能停頓箭矢數秒，無法將其燒燬。似乎這十六枚箭矢在創作之際，早已附上了卓越的抗魔性，是專門用來對付不死生物的武器。

感受到小妖的威脅，十六支利箭果斷地放棄了虛弱的影子。八支包圍在小妖四周旋轉不休，八支則是射入包圍網攻擊。

看到短箭猛烈快速的攻擊後，在旁爲小妖掠陣的夏思思反倒是鬆了口氣。這些箭矢的動作只是重複著剛才對付黑影的模式而已，這讓少女確定了箭矢的威力雖大，可是卻只能麻木地執行施加在上面的攻擊模式。既然先前早就看過它們用來圍剿黑影的戰略，以小妖的聰明與狡猾，對上這些不懂變通、沒有靈智的魔法武器，絕對是輕而易舉。

看著與箭矢糾纏不下的小妖，夏思思暫時不打算出手幫忙。小妖還處於成長階段，任何戰鬥對牠來說都是難能可貴的經驗。何況少女也很好奇，面對不畏魔焰、速度又比牠快捷的箭矢，小妖到底會使用什麼方法應戰？

遇上這種狀況，訴諸武力似乎是最好的方法。除了魔焰外，鋒利的爪牙是妖獸的天賦武器。可是小妖卻完全沒有化成黑豹形態的打算，只是以靈巧的動作與箭矢遊鬥，金色的眸子閃動著狡黠與譏諷。

以寡敵眾的形勢下，小妖很快便顯得險象環生，終於一個明顯的破綻讓其中一支箭矢有機可乘，高速從小妖防守的空檔中向牠發動出凌厲的攻擊！

一直緊盯著戰局發展的少女立即揚起手，隨著她的動作，強烈的水元素以驚人速度往小妖身上凝聚過去。少女之所以一直不出手，只是因為想利用這些箭矢來鍛鍊小妖，卻不是希望小傢伙因而受傷，甚至喪命。

然而小妖卻比夏思思動作更快，只見牠射出暗紫魔焰令箭矢停頓了半秒；這瞬間小妖看準機會小嘴一開一闔，竟把這支足有牠身體一半多長的魔法箭生生吞進肚子中！

縱然是接受程度頗高的夏思思，此刻也滿臉不可思議。

再看小妖伸出小小舌頭舐了舐嘴角，一副回味無窮的滿足模樣，哪有任何消化不良的跡象？牠的胃也未免太強悍了吧？回想先前小妖的種種舉動，若再醒覺不到那個破綻是小妖特意設下的陷阱的話，夏思思也可以去撞豆腐自盡算了，以免留在世上丟人現眼。

雖然看起來很不可思議，可是夏思思知道小妖此舉不但沒有任何危險，還獲得很大的好處。隨著少女那高高揚起的右手落下，濃烈的水元素瞬間消散，恢復成滿山脈的死亡之氣。

很快，小妖一口一支地把十六支魔法箭全數吞進肚子裡。

夏思思好奇地打量著眼前的小妖獸，魔法箭加起來的分量早已遠遠超過小妖的體積。可是小妖不只完全沒被撐破，還心滿意足地打了個飽嗝，一臉意猶未盡。

隨即小傢伙的身體更是逐漸浮現出肉眼可見的變化，一身漆黑的毛皮益發亮麗。尾巴的暗紫魔焰變化得最明顯，中間部分竟成了暗黑的一片墨色，外面則包圍著更為明亮的紫羅蘭色調。

對於魔族的認知，夏思思只停留於對奈伊的了解上，因而並不太懂這些轉變了的火焰有什麼效果，可是看小妖滿意的神色，這轉變顯然是好事。而且變異後的魔焰在視覺上比先前的更為賞心悅目，光是這美麗的外觀變化已令少女愉悅不已。

小妖拍動一雙蝙蝠翅膀，停駐在夏思思的肩膀後，便撒嬌地用小小的頭顱蹭進少女的頸窩裡，喉嚨更發出陣陣低沉的「咕嚕」聲，充分顯示喜悅滿足的心情。

輕摸小妖背部的毛髮，夏思思這才驚覺牠的毛皮不只變得充滿光澤，就連質感也更為柔順堅韌、手感一流，不禁異想天開地說道：「比那些名牌的洗髮精還要有效！我要是也吞下一、兩支箭，不知道能不能有同樣效果呢？」

小妖無聲地抬頭，很人性化地送了一個白眼給她。

就在夏思思為小妖的變化驚歎不已之際，微弱的聲響提醒了她這裡還有一個不明的不死生物，少女才把視線從那令她又愛又妒的柔順毛髮上移開。

感覺到少女把注意力投至黑影身上，小妖不滿地嗚叫了幾聲，便耀武揚威地射出了一抹變異的魔焰。隨即，夏思思看出了這暗紫色的火焰除了美觀外，到底與先前有什麼差別了。

先前的魔焰最強之處在於能黏附至物體上，只要放出火焰的魔族願意，它便能一直燃燒下去，直至所能觸碰的物體燃燒殆盡爲止。然而這些火焰發放出去以後，卻有著無法移動，也無法控制大小的缺點。可是小妖這變異的魔焰，卻跨過了這堵名爲「缺憾」的高牆！

變異魔焰射向黑影不遠處的草地後，如有自我意識般迅速增長，就像一支無形的彩筆在草坡上飛快畫出個暗紫色的火焰圓圈，準確地就要將黑影包圍在圓的正中位置。

黑影見機很快，在魔焰畫出半圓軌跡時便已反應過來，立體的形態瞬間融進草地上，迅速往包圍網來不及形成的缺口掠去。

然而一切也只能說是它運氣不好，小妖的背後還站著個名叫夏思思的大靠山。雖然明知道這神祕的黑影已經只剩下一口氣，抓不抓住它對少女來說實在是無所謂。然而一想到眼前這脆弱的東西本質是實力強大的不死生物時，夏思思還是出手助小妖一把將其留下。

黑影融入草地後看上去就像普通的影子般無法觸碰，可是夏思思卻大膽猜想著，既然那十六支魔法箭能夠對影子造成傷害，那麼自己也該辦得到才對。果然，少女手一揚，「嗖嗖」數支冰箭便順利將黑影逼退。此時小妖那張由魔焰所形成的包圍網也完成了。

黑影完全不敢冒險靠近這些進化版的魔焰，雖然不死生物本身對黑暗魔法擁有很高的抗魔性，然而黑影不比那些專門製造出來捕獵不死生物的魔法箭，終究是擁有生命的物種。就連那些金屬製造、施加了魔法的箭矢都被小妖的光焰打得一頓，更遑論是此刻虛弱不已的黑影呢？

小妖金色的眸子閃過一絲殘酷神色，圍成一圈的紫色魔焰頓時升高一倍，熾熱無比的高溫把黑影逼離地面。再次化成立體形態的影子在火焰的逼迫下只能退縮至包圍網的正中位置，激烈地變化著不同的形態宣洩滔天的憤怒。

成功把黑影困住後，夏思思反倒不知該拿它怎麼辦了。

少女本就打著把危險扼殺在搖籃裡的打算，在進入陵墓前消滅掉隱藏在山脈上的強大不死生物。若夏思思所遇到的是全盛時期的黑影，在自保的原則下，少女必定二話不說，聯合小妖把對方幹掉。

然而，映入夏思思眼簾的卻是被魔法箭矢打擊得虛弱不已的「敵人」，以及一群猶如餓狼似的魔法箭矢。

一番激戰、呑噬、追捕，小妖獲得強大的好處自不用說，而幾番折騰後，少女那本就不多的殺意也早就虛耗得蕩然無存。加上黑影在發現無法脫離包圍圈後，便放棄掙扎，認命似的舉動實在令夏思思難以下手。

現在把黑影幹掉的話，自己這個勇者怎樣看都是壞人那一方啊……

何況旁觀了黑影與魔法箭的一戰，夏思思不禁對眼前的不死生物生起了敬佩之意。即使不敵，可是影子在眞正無計可施以前，由始至終都沒有放棄任何生存的機會。

面對如此渴望活下去的生命，夏思思又怎能下得了手？

小妖卻與夏思思不同，牠可沒什麼憐憫之心。在少女思考的期間，這頭小東西惡劣地把包圍圈逐漸收窄，雙瞳露出了貓捉老鼠的喜悅與凶殘。只待夏思思一聲令下，小妖便會把黑影燒至灰飛煙滅。

若小妖只是隻普通的貓兒那倒沒什麼，可是牠卻是擁有高度智慧的妖獸。尋常貓兒做出這種動作只是本能反應，小妖卻是在有意識下進行的舉動，充分顯示了傳聞中魔族的殘酷與冷血。

看到小妖的眼神，夏思思忽然間不再猶豫了。

小妖明明長這麼可愛，根本完全不適合這種嗜血的眼神！正所謂養不教父之過……呃……雖然自己並不是牠親爹，但好歹也算是養母吧？既然決定要養，那麼好好管教牠就是自己的責任！夏思思的雙眼頓時迸發出名爲決心的火花。

少女此刻充滿覺悟的表情的確能唬一下人，只是熟知她性格的人都知道，夏思思的耐性就如同眼裡的火花般短暫，很多時候，這看似誓言般的堅定決心往往無法燃燒多久便會熄滅。

姑且勿論夏思思這次的決定能持續至什麼時候，然而黑影卻因少女這個瞬間燃燒起來的覺悟而撿回了一條性命。

可是如此一來問題又來了。夏思思從不認爲自己是個善良得能夠無條件信任別人的人。就如同她會釋放奈伊，是因爲洞穴中魔族與孩子的相處早已讓少女感受到對方的善良無害。會把小妖留在身邊，是因爲這頭小妖獸能給予她血脈相連的親切感。然而眼前的黑影對夏思思來說卻太陌生了，少女不敢保證此刻放過它，這影子在恢復以後會不會反過來攻擊他們。

夏思思並不會因爲黑影是人人畏懼的不死生物而有所歧視，但也不會因爲影子此刻的虛弱而忽視高階不死生物的可怕實力。

苦惱地抓了抓一頭鬈曲的長髮，害披散在背後的長髮變得凌亂。「苦惱啊……殺也不是，放也不是，眞是麻煩！」

夏思思話一出，那一直透露著不安與憤怒等情緒的黑影忽然平靜下來，雖然單純漆黑一片的影子沒有五官，但夏思思仍感受到一股從黑影身上傳來的探究視線。

如此一來倒是引起少女的好奇心，她走近包圍網的邊緣，歪著頭好奇地打量著裡面的黑影。

深怕高溫魔焰會傷害到少女，小妖立即把囂張燃燒著的火焰壓縮得矮矮的，也不在乎黑影是否會因而逃逸。

看到小妖對夏思思安危的緊張，影子投向她身上的視線變得複雜起來，似乎很驚訝，又似乎充滿了好奇。

這讓少女對影子的興趣變得益發濃厚。好奇的目光筆直地打量著平靜下來的影子，清澈的眼神不帶一絲惡意與貪婪。

在夏思思的注視下，黑影再度改變形態，竟凝聚成一名高挑的男性剪影！

目瞪口呆地抬頭看著火焰中的黑影，雖然早就知道它能隨心所欲地轉變形態，可是在看到它化身成人形的時候，還是有種震撼的感覺。

看到少女呆呆的傻表情，黑影發出一陣低沉又好聽的笑聲，然後竟開口說話了：「我還是首次看見人類與魔族聯手。」

說是開口說話其實並不正確，雖然幻化成人類的男子，可是也只是擁有男子輪廓的剪影而已，根本沒有名爲「嘴巴」的器官，然而聲音卻清晰無比地從黑影身上傳出。

黑影的語氣很沉穩，而且有種獨特的味道。高挑的身材顯得修長而有力，雖然沒有五官，可是深邃的輪廓及穩重的氣息，活脫脫就是名美男子……的影子。

夏思思打量對方的同時，黑影也同樣打量著眼前的人類少女。少女俏麗清秀的容貌以人類的觀感來說可算是非常出色，可是整體外觀卻是邋遢得很。

這並不是說對方很骯髒，只是夏思思的裝束實在過於古怪隨意罷了。一頭鬈曲的長髮略帶凌亂，能隨意聚集水元素的她卻沒有穿著代表魔法師身分的魔法袍，而是穿著方便活動的衣飾，衣襬略長的長衣配上了貼身的褲子，腿上穿著方便於野外活動的獵靴，整體看起來實在怪異到不行。

聽到黑影的話，夏思思脫口便回了一句：「那有什麼值得驚奇的？」

黑影聞言，就像個普通人類般愣了愣，隨即再度傳出那低沉好聽的輕笑聲。

早就知道階位越高，不死生物的智慧便越高。可是看到影子這種與人類無異的反應，夏思思仍是感到非常訝異。

輕笑數聲後，黑影竟向少女優雅地行了個人類貴族的禮節。若不是眼前所見依舊是漆黑一片的剪影，夏思思幾乎以為站在身前的是個真正的人類！

只見黑影說道：「人類的少女，我承認妳是打敗我的對手。請允許我的追隨，與我訂下主僕契約。」

此刻夏思思不得不推翻先前的推論。眼前的不死生物不是與人類一樣聰明，而是比大部分人類更加聰明！它顯是感受到少女的猶豫與心軟，也猜出了她的顧忌，這才會有此番要求。

不得不說，這的確是黑影唯一的保命方法。夏思思雖然不想殺它，但更不願意放著高階的不死生物在自己一行人附近四處跑！

黑影的提案完美地解決了夏思思的窘境，有利無害的事情少女自然欣然答應。身旁有著對惡意極端敏感的妖獸小妖在，她並不懼怕黑影會在訂契約時做什麼手腳。「小妖，一會兒訂契約時你替我好好看著，要是它敢打什麼壞主意，便滅了它！」

夏思思一番話說得毫不客氣，可是舉動合情合理，加上光明正大地在黑影面前說出來，不但不會讓人反感，坦率的性情反而令黑影感到頗爲敬佩。黑影只覺眼前的少女很特別，與以前所接觸的人類很不同。

小妖瞇起眼，一雙金色眼瞳浮現出危險的光芒，要是夏思思回頭察看的話，不難看出這小東西在打什麼主意。

這頭善妒的小妖獸正滿腦子考慮著在訂契約時找個機會將黑影消滅，免得將來多了一個不死生物來與自己爭寵。

影子把小妖的陰險神情盡收眼下，頓時心頭一驚。事關自己的性命，黑影正思考著要如何婉轉地把事情告知夏思思時，少女卻已嚴厲地向小妖提出警告：「你別想著趁機搗亂，事後被我知道的話……嘻！你必定會後悔的。」

也不知道夏思思的話勾起了小妖什麼不愉快回憶，小傢伙聞言頓時嚇得垂下了耳朵及尾巴，看起來實在可憐得不得了。

感受到影子的視線益發訝異好奇，少女擺了擺手，道：「別再瞪了，再瞪你還不是沒眼睛、黑漆漆的一個影子？不就是第一次看到被人類威脅的妖獸而已，有什麼大不了的？」

「……」黑影無言。要是它有五官的話，此刻的表情必定很精彩。

訂結契約的方法很簡單，不死生物憑藉強大的靈魂之火吸收四周的黑暗元素，重要性類似於魔族的魔核。夏思思只要把魔力輸出，在影子的靈魂上刻下一個精神烙印就可以了。方法雖然簡單，但大前提是必須由對方主動開啓通往靈魂的通道才行。

在黑影的順從下，不出數秒主僕契約便完成了。

主僕契約是最不平等的一種契約，自此以後，黑影的性命便掌握在夏思思手裡。少女什麼也不用做，動念間便能讓黑影的靈魂魂飛魄散。身爲僕人的黑影永遠無法違背少女的命令，也無法做出任何傷害她的舉動。只要稍微出現反抗的心思，刻於靈魂上的烙印便會自主發動，令其感受到源自於靈魂撕裂的可怕痛苦。

既然雙方已立下契約，夏思思也很爽快地命令小妖解除包圍著黑影的魔焰。小東西不情不願地答應下來，看向黑影的眼神充滿敵意。黑影對這曾經折磨過它的小妖也沒有絲毫好感，很有相看兩厭的意味。

少女可不管眼前的魔族與不死生物間的視線迸發出多大的火花，現在強大的威脅已經解決，混水摸魚間，小妖也得到了不少好處。夏思思偷溜出來的目的可說是完滿達成，此刻她滿懷欣喜與感動地發現……她終於可以回去睡大覺了！

「小妖，我們回去吧！」歡呼了聲，夏思思轉向身旁的黑影說道：「雖然我並不知道你是怎樣惹上那些厲害的魔法箭矢，但這兒終究不是你應該待的地方，你還是快點返回幽冥之地吧！」

黑影愣了愣道：「妳讓我離開？」

少女為難地皺起眉，歪著頭想了想，道：「你沒有地方去的話，想要跟著我也不是不可以……」立即換來小妖抗議的低鳴。

隨即，夏思思再度感受到黑影傳來的探究視線。對方似乎正在思索著少女那放它回去的話到底是真心的，還是只用來試探它。

打了個大大的呵欠，危機解除後夏思思的睡意便來了，巴不得立即返回營地繼續蒙頭大睡，「你別把事情想得那麼複雜。雖然擁有高階不死生物作奴僕這點實在很令我心動……」聽到少女這麼說，黑影的目光浮現出一絲緊張。

夏思思沒有注意到對方的轉變，漫不經心地續道：「何況現在我的身邊有奈伊那個人形的高階魔族，還有小妖這頭小妖獸，要是再多撿個不死生物回去，卡斯帕的表情必定會很精彩，這實在讓人期待啊！哈哈哈！」

瞬間，警戒的視線變成了無奈……

對於眞神的名字，黑影並沒有表現出多大的反應。很多人類的父母都喜歡替小孩以偉人的名字來命名，眼前的少女雖然神祕，但總不會與眞神有什麼關係吧？

反倒是夏思思提及的奈伊，再度令黑影大大地驚訝一番。光是看夏思思帶著小妖已令它感到很訝異了，想不到少女竟連高階魔族也有啊……

而且聽她的語氣，與那位名叫奈伊的魔族關係似乎不錯，這個與魔族交好的人類少女到底有著什麼特別的身分？

只聽夏思思逕自說道：「即使如此，你不是心甘情願地跟著我的話，心裡必定不會痛快，有一個不情不願的同伴我同樣也不會舒服，那倒不如放你自由吧！反正先前之所以與你訂下主僕契約也只是爲了自保而已，又不是眞的想要僕人。」

夏思思做出一番正氣凜然的發言後，卻沒有獲得預期中的答覆，無奈地看向一動也不動的黑影，也不知道對方到底有沒有用心聽她說話。影子沒有五官，根本難以憑表情來猜測對方在想什麼。夏思思見狀不禁搔了搔臉，只感到剛才一番長篇大論的話竟是白說了，頓時有種無力感。

其實身為主人的夏思思，大可利用契約的力量強行探測黑影的想法。可是一來她不懂；二來是少女的性格使然。身為現代人的夏思思，信奉世上有種東西叫作「個人隱私權」，因此即使知道如何運用契約，也不會有強行探聽別人想法的惡劣舉動。而且對懶散無比的夏思思來說，知道別人最深層想法這種事也是件很麻煩的事。

見黑影呆立不動，夏思思再也沒耐心等待了。揉了揉渴睡的眼睛，少女連聲音也已經帶上了睡意：「哎……你自個兒慢慢考慮吧！我要回去睡了。」

說罷，乾脆俐落地轉身就走，充分顯示出那種睡覺大過天、高階不死生物也比不上回去睡覺來得重要的恢弘氣魄，令黑影再度無言良久……

ch.8 盜墓

夏思思走了一段路以後回首看了看身後，只見後方除了一些飄來蕩去的低階死靈外，便再也看不見其他東西。

「沒有跟來啊……」夏思思低聲呢喃了一句，神情卻沒有表現出有多失望。她剛才確實存有欲擒故縱的心思，要是黑影能夠被感動而自願成爲她的手下固然是一件好事，可是對方不願意夏思思也不會勉強，亦不會感到太在意。畢竟得到黑影的追隨對少女來說只是錦上添花，得不到卻也沒有任何損失。

「小姐好大的手筆！妳剛才釋放的顯然是個變異的不死生物，那可是非常稀有珍貴的存在啊！」忽然，一聲低沉的嘆息於森林深處響起。夏思思反應很快，瞬間便把水霧往聲音源頭擴散開去。

立時夏思思便確定躲在暗處的只有一人。對方身上並沒有流動著魔法元素，看來只是一名不懂魔法的普通人類。可是在這名神祕人身上，少女卻又感受到一種有別於魔法元素、令她感到親切無比的氣息。

黑暗中的神祕人略微驚訝地「噫」了聲，道：「這些水霧……眞是有趣又實用的魔法技巧。」隨著對方的讚歎，一名男子緩緩現身在閃光球的光芒中，少女這才看清楚對方的樣貌。

那是個穿著破舊衣物的中年男子，頭上戴著一頂於旅行者中很常見的防風帽，幾絲艷紅的短髮從耳畔垂下。男子把帽沿壓得低低的，以致夏思思無法看清對方的全貌，可是從男子露出的臉部輪廓來看，這名外表落魄無比的旅行者，也不失爲一個成熟穩重的美男子——只要他的上半張臉不是長得太嚇人的話。

雖然男子的衣物破舊，讓他看起來有點狼狽。可是舉手投足間卻透露出一種特別的魅力與自信，那是處於上位者所獨有的氣勢。

「變異的不死生物？原來它那麼了不起啊？」夏思思對於黑影的興趣似乎比起男子本身更要濃厚得多，竟問也不問對方的身分，反倒追問起黑影的事情來。

男子愣了愣，用著猜不透少女想法的語氣詢問：「妳不問我的身分嗎？」

夏思思狡黠地眨了眨眼睛，道：「我問的話你便會告訴我？」

「呵，我的名字是羅洛特，只是個喜愛四處冒險、居無定所的流浪劍士。」在少女的身上碰了個軟釘子，這個神祕的男子不但不生氣，反倒勾起了嘴角，露出充滿讚賞的愉悅笑容：「剛才小姐所放走的契約生物，看起來有點像一種只存在於傳說中的不死生物。相傳幽冥之地最低級物種的死靈，活上千年歲月後，便會變異成另一種完全不同的生物——夢魘。不過這一切都只是傳說而已，畢竟死靈的實力過於弱小，一直都是幽冥之地中食物鏈最低層的存在。因此它們死亡率極高，不要說是活上千年，偶爾出現的高階死靈已經很罕有了。」

夏思思清秀的臉龐上掠過一絲訝異，想不到那個黑影竟是傳說級別的存在。不過少女仔細想想也就不意外了，看黑影化身成人形時的表現，可見它早就產生出足以媲美人類的靈智。如果那個黑影只是尋常的不死生物，又怎會有人大費周章地出動如此驚人的魔法箭來捕獵它？

「你好，羅洛亞，我是夏思思。」獲得想要的答案後，夏思思便不再糾結於黑影的問題了。只見少女後知後覺地甜甜笑著向男子打了聲招呼，看起來就像是個人畜無害的鄰家小女孩。只有熟知夏思思的人才會知道，這個清秀的少女到底有多難纏，扮豬吃老虎更是她最慣常使用的手段。

別人喜歡裝厲害，夏思思卻完全相反。面對同伴，她會裝笨裝無辜來偷懶；面對敵人，就更愛裝無知裝弱令對方放鬆警戒……

這個看似單純的少女，根本就是披著羊皮的狼！

羅洛特友善地勾起嘴角，禮貌地應了聲：「幸會，夏思思小姐。」

夏思思微微一笑，笑容彷如清泉般純潔無比。然而一雙黑褐色的眼眸卻閃動著計算的光芒，讓男子有種大事不妙的感覺。「你喚我作思思就可以啦！只是，你到底是叫作羅洛特還是羅洛亞？」

羅洛特悚然一驚，這才醒覺到夏思思剛才呼喚他的時候，特意把他的名字改了一個字，把「羅洛特」說成「羅洛亞」了。

人總是對自己的名字很敏感，遇上這種自己的名字被人說錯的狀況，應該會立即察覺才對，只是羅洛特並不是男子的真名，是他臨時脫口而出的假名。想不到這個只有十多歲的女孩子心計那麼沉，笑語盈盈間便以這種方式把自己試探出來。

「呵，我的名字自然是羅洛特，怎麼了？」羅洛特倒也沉得住氣，神色間完全看不出任何謊言被揭穿的慌亂，姿態輕鬆又隨意。

夏思思也不深究，只是回以一個意味深長的笑容，道：「剛才羅洛特先生想必是在思考著很深奧的問題，才會出神得我把你的名字說錯時也沒察覺。」

羅洛特回以一個穩重溫和的笑容，道：「是的。因爲很驚訝思思小姐竟與那位來自異界的勇者大人同名，因此略微走神了。」

兩人的笑容一個穩重一個清麗，然而內心所想的是否如外表般溫和清純，那就只有天知道了。

□

「回來了！老大回來了！」未見其影先聞其聲，夏思思不由得拿阿默與泰勒的大嗓門做比較，發現兩者間不相伯仲，難以分出勝負。

這麼一想，原來世上竟有人族能與巨人的大嗓門互相媲美，泰勒實在是人類之光啊……

另外，令夏思思頗爲意外的一點，便是她本以爲這次外出神不知鬼不覺，想不到結果竟然還是驚動到別人了。全都怪黑影以及之後那個自稱是流浪劍士的傢伙，阻礙了她的寶貴時間，以致她無法在預計時間內返回營地！

此時，康斯的聲音於黑暗中響起：「思思小姐，請妳別獨自一人離開……咦！這位是？」

緩步步進營區的夏思思，在營火的映照下，看到除了負責守夜的阿默與幾名「蒼狼」的巨人外，康斯等一行五人的傭兵也圍在營火旁邊。看他們眼中全沒一絲睡意，顯然已在這兒守候了好一段時間。感受到眾人無言的關心，夏思思不禁訝異又感動，心頭暖呼呼的。

「他是羅洛特，自稱流浪劍士。我看他的實力好像很不錯，便邀請他參與接下來的探險。」夏思思漫不經心地邊回答，邊毫不忌諱地打著呵欠，用著有氣沒力的語調把羅洛特介紹給同伴認識。

「原來如此。」康斯若有所思地打量了羅洛特一眼，禮貌地頷首示意道：「你好，羅洛特閣下既然能單槍匹馬地闖進落石山脈中，實力必定不弱。」

「你過獎了，我也只是運氣較好而已。」

一旁的夏思思揉揉眼睛，她現在只想立即回到帳篷裡倒頭大睡。康斯與伊達等人是很老練的傭兵，她絕對萬分安心地把羅洛特交給他們「照顧」。「沒什麼事的話我先回去補眠了，謝謝大家特意在這兒等我回來。」

芙麗曼笑著拍了拍少女的頭，道：「思思，辛苦了。快點回去睡吧！」雖然女子的魔力暫時因枯竭而無法使用，可是身爲魔法師的感知仍在。芙麗曼正是因爲感覺到熟悉的水之氣息，這才發現夏思思不見了。

想來，能令這個最注重吃與睡的女孩夜半爬起床的事情必定不簡單。只是夏思思不說，眾人也就識趣地沒有追問。

看著打著呵欠的少女歪歪斜斜地走回帳篷裡，羅洛特雙眼閃過一絲充滿興味的神色，卻因被帽子的陰影遮蓋住而沒有被任何人察覺。

美美地睡了一覺，夏思思心滿意足地張眼時正值中午。

也只有在正午時段，身處落石山脈中的眾人才能在濃厚的黑暗氣息包圍下，感受到些微來自陽光的溫暖。

不必夏思思勞動，每天起床後自有「蒼狼」的強盜搶著替她收拾行裝。少女出手大方，每次打賞讓這些強盜們高興了好一陣子。反正獲得王室支持的夏思思最不缺的就是錢，這區區的賞錢少女自然不會吝惜。

眉開眼笑地接過夏思思的打賞，強盜的目光在觸及少女手上那變出金幣的空間戒指時閃過一絲貪婪。隨即卻又想起這名年輕少女的高強實力，以及狠辣明快的手段，硬是壓下了把戒指據爲己有的愚蠢貪念。

強盜貪婪的眼神一閃即逝，然而當他的視線強行從空間戒指上移開時，卻發現面前的夏思思露出了似笑非笑的神情凝望著他。跟隨少女的五名傭兵，以及新加入的羅洛特也敏銳地向他投以警告視線。

這名強盜頓時嚇得臉色發白，就連背部衣物全被冷汗浸濕也不自知。只覺自己正被數頭猛獸鎖定了位置，只要稍有異動，絕對會是身首異處的下場！

強盜接過少女打賞的金幣後落荒而逃，從此再也不敢對夏思思的財物表現出絲毫覬覦之情，以免招惹來殺身之禍。

毫不在意這段小插曲，夏思思神清氣爽地環視四周，卻發現少了一名少年的身影。

「小帕呢？」

眾人面面相覷，「說起來，今早好像沒看到他，應該仍在帳篷裡睡覺吧？」

夏思思挑了挑眉，道：「小帕那傢伙竟然比我更懶!?不行！我去喚醒他！」

對少女來說，被別人吵醒的經驗可多了，可是吵醒別人卻還是第一次，因此她摩拳擦掌，分外興致勃勃。

眾人對夏思思罕見的行動力不置可否，不過倒沒有人去阻撓她。畢竟小帕也眞的起得太晚了，何況對方也只是名見習祭司而已，沒有人傻得會爲了他而開罪眼前的少女。

若他們知道被夏思思興高采烈地衝過去掀被子的人，正是打敗魔族、把闇之神封印的眞神卡斯帕，只怕他們再也不會如此老神在在，而是拚了命也會把夏思思拖回來吧？

興致勃勃的夏思思馬上便失望了，少女正要闖進卡斯帕所在的帳篷時，卻與正要從裡面出來、臉色比平常稍微蒼白的少年祭司碰個正著。

接收到少年充滿疑問的眼神，夏思思尷尬地打了幾聲哈哈，同時爲無法實行掀眞神被子這個創舉而小小地默哀一番。

少女盯著自己看時那副古靈精怪的神情，讓卡斯帕不禁無奈地嘆了口氣，心想自己好歹也是個神明吧？妳這個勇者裝裝樣子也好，就不能稍微對我表現得尊敬一點嗎？

唉！忽然懷念起那位又乖又聽話，充滿正義感的初代勇者了……

因爲勇者大人的表現而唉聲嘆氣的眞神卡斯帕，目光在觸及尾隨在夏思思身後的羅洛特時愣了愣，露出了很意外的神情。

至於羅洛特，則是在目光與卡斯帕接觸時恭敬地彎腰向少年行了一禮。由於男子所站的位置稍後，因此夏思思並沒有注意到對方的動作。

感覺到卡斯帕表情有異地往她身後看去，夏思思順著少年祭司的目光回首察看，映入眼簾的是一臉平靜、全沒任何可疑之處的羅洛特。

「思思，這位是？」

就在夏思思疑惑不已之際，卡斯帕的嗓音適時響起，少女這才想起自己並未向少年介紹這名新加入的同伴。把卡斯帕的訝異理解爲看見陌生人的驚訝，夏思思也就釋懷了，便道：「喔！他是羅洛特，是我昨晚在森林撿到……咳！是遇上才對……是我昨晚在森林裡遇上的流浪劍士。」

「流浪劍士……嗎？」卡斯帕神情複雜地凝望著那個大半張臉都藏於陰影下的男子，以微不可聞的語調喃喃自語：「原來如此，你至今依舊在世界各處尋找著希望嗎？」

「嗯？」看到少年的嘴巴動了動，卻聽不清對方在說什麼的夏思思，疑惑地歪了歪頭，筆直的視線傳來了詢問的意思。

她還是第一次看到卡斯帕露出這種表情，好像有點沮喪，又像是正在難過。感受到少女直率且充滿了擔憂的注視，卡斯帕很神奇地感到心裡那種憋悶的感覺減輕了一點。心情忽然變好的眞神展開了笑顏，上前拍了拍少女的肩膀，道：「我收回先前的想法。雖然妳很不聽話，對我也沒有多少敬意，可是思思還是有著自己的可取之處，相較於初代也並不遜色啦！」

看著少年祭司離去的背影，夏思思莫名其妙地直眨眼道：「什麼跟什麼啊？」

眾人並沒有發現，聽及卡斯帕那番沒頭沒尾的話時，處於後方的羅洛特凝望著眼前的少女，並露出深思的神情，雙眼異彩連連。

由巨人族組成的強盜團體「蒼狼」、傭兵五人小組、妖獸小妖、勇者，以及其新收的巨人小弟阿默、暫時客串見習祭司的眞神和神祕的流浪劍士羅洛特所組成，這個堪稱史上最亂七八糟的臨時團隊，浩浩蕩蕩地前進，很快便來到了地圖中所指示的古陵墓位置。

「比想像中普通呢……」沒有恐怖的亡靈守衛，也沒有宏偉壯觀的建築，陵墓整個陷進了山脈裡，入口只是個不起眼、光禿禿的洞口。若不知內情的人路過，也只會誤以爲這是天然形成的風化洞而已吧？

「思思小姐，接下來我們該怎麼辦？」

「不知道。」對於康斯的問題，少女倒是回答得很乾脆。

「咦？」

「那也沒辦法啊！我又不是幹盜墓這行的，怎知道該怎麼辦？」夏思思攤了攤手，說得理所當然。

聽到夏思思這麼說，眾人不禁面面相覷起來。少女說得沒錯，指望她確實是強人所難。可是如同夏思思所說，在場眾人中，又哪會有誰是幹盜墓這行的？

看到所有人全都煩惱不堪，夏思思安慰道：「也不用這麼苦惱，雖然我從不認爲三個臭皮匠眞的可以變成一個諸葛亮，可是大家一起提意見、集思廣益也是好的。」

夏思思難得安慰別人，可是眾人卻是聽得一頭霧水。「什麼臭皮匠？諸葛亮又是什麼？」

「呃……只是個比喻而已，簡單來說，我們就是臭皮匠了。」懶得多作解釋的夏思思，內容很跳躍地一下子便來到了結論，聽得眾人一愣一愣。

「安排我的部下走在前頭探探虛實吧！」阿佳獨有的美少女嗓音傳出，內容既讓眾人感到意外，卻又覺得在情理之中。

夏思思之所以沒有把「蒼狼」趕盡殺絕，並邀他們同行，顯是打著讓他們作炮灰探路的心思。既然如此，阿佳倒不如主動毛遂自薦，說不定事情辦得好，夏思思還會給予額外的打賞呢！少女素來出手闊綽，這一點阿佳一路上全都看在眼裡。

強盜們全是心狠手辣之輩，當然阿佳也不例外。他們的生活本就伴隨著死亡，即使這些走在前頭的部下全數折損了，她也不會覺得可惜，更遑論傷心難過了。

既然阿佳自動請纓，夏思思自然欣然答允。對於這些窮凶極惡、殺人如麻的強盜，少女雖談不上憎恨，但也沒有多大好感，彼此間只是互相利用的利益關係。與其讓自己或是康斯他們去冒險，少女絕對會選擇由「蒼狼」來探路。

夏思思想了想，便從空間戒指裡取出一堆鍊金術道具，用於照明的閃光球、顯示出所在方位的指南儀等等，無一不是千金難求的珍品。只見少女隨意把這些比黃金更爲貴重的鍊金術道具交至被阿佳選出、將會走在最前頭的三十名強盜手中，並懶洋洋地把使用方法簡略告知。

至於那些擁有強大殺傷力的鍊金產物，夏思思不是沒有，之所以沒拿出來倒不是她吝惜，而是信不過這些巨人。另外也因爲陵墓的位置沒入山脈深處，要是那些巨人出手不懂分寸，把通道弄塌，最終害所有人被活埋的話，那就哭也來不及了。

也因爲第二個原因，所以那些傷害力驚人的鍊金製品，夏思思連康斯他們也沒有給予。反正以眾傭兵的實力再加上眾強盜在前方開路，少女相信他們能夠好好保護自己的安全。

「這……這些東西……」先頭部隊小心翼翼地抱住懷裡那些精緻美麗的小東西，深怕一個不小心導致任何損毀，他們傾家蕩產也無法賠償呀！

「你們不用如此戰戰兢兢，基本上，鍊金術產物雖然看起來大都精緻漂亮，可其實還滿堅固的。而且我送出去的東西，一向沒有收回來的習慣。」

夏思思的話說得悠然又隨意，卻像是驚雷般讓眾人呆立當場，更令那些對先頭部隊幸災樂禍的強盜們眼紅不已，恨不得取代這些前一秒還被自己恥笑為倒楣鬼的同伴，成為先遣部隊的一員。

「敗家！太敗家了！思思，我也要加入他們！」芙麗曼氣急敗壞地衝前，硬是想要插入這個走在最前頭探路的隊伍裡。

示意阿默像抓小雞般把女子抓回來，夏思思笑道：「待妳的魔力恢復以後再說吧！」

「嗚……不公平啊！想我當初拚著性命危險使出防護盾，思思妳卻什麼表示也沒有，現在卻直接送他們那麼多東西，哪有這種道理的？」芙麗曼二話不說便掩面痛哭，看她哭得肝腸寸斷而且完全沒有停下來的意思，夏思思不禁頭痛起來。

被女子指責偏心，夏思思其實眞的很冤枉。這些小東西，少女當時在瑪麗亞那裡一抓便取了一大把，哪知道會是價值連城的寶貝？想當初瑪麗亞也是像堆放垃圾般，把這些東西放在實驗室中不起眼的角落啊！

「好吧好吧！妳喜歡的話我送妳一整套好了。」聽到夏思思的發言，一眾先頭部隊全都緊張地把手上的東西收進懷裡，神情活像是少女要他們割肉餵鷹一樣。

然而眾人全都誤會了，夏思思並沒有要把送出去的東西取回來再轉贈給芙麗曼的意思。反正夏思思的空間戒指裡還有大量存貨，即使再送女子十個八個也絕對沒問題！

獲得夏思思的承諾，芙麗曼立即放下了掩面的手。只見女子的雙眼早已變成了金光閃閃的金幣，說變臉就變臉……

唉了口氣，扭過頭不去看芙麗曼得逞後的得意神情，夏思思很乾脆地雙手一拍，說道：「既然如此，我們便出發吧！康斯你們……還有羅洛特，你們眞的要進去嗎？」

夏思思的話才剛說罷，卡斯帕立即把手高高舉起，道：「我選擇留下！」

出門前一時失策，僞裝成見習祭司的神明大人早就後悔不已。如果早知道聖物碎片藏在亡靈法師的陵墓，他絕不會假裝成亡靈天敵的祭司來自討苦吃。這幾天一直被夏思思老實不客氣地頤指氣使，現在難得有機會脫身，不立即抓緊才是傻子。

他是偷溜出來看戲的，可不是特意前來被勇者指使幹活的！

怎料夏思思想也不想立即拒絕道：「小帕你是重要的祭司，意見駁回，反對無效！下一個。」說罷，便再也不理會大呼小叫的卡斯帕，把無視的精神發揮得淋漓盡致。

向少年祭司投以憐憫的眼神，康斯堅決地說道：「從我們接下護送的任務起，便把思思小姐的性命立於最優先考慮的位置。我們的責任是保護僱主，消滅任何威脅僱主生命的東西，又怎能任由思思小姐一人進入陵墓犯險？」

頓了頓，青年轉向在旁點頭附和著的芙麗曼，道：「不過芙麗曼妳就留下吧！現在的妳無法使用魔力，跟隨我們進去只會成爲累贅而已。」

芙麗曼一臉不甘地抿起了嘴，可是也知道現在並不是耍小性子的時候，只好不情不願地點頭同意。

對於眾傭兵的冒死跟隨，夏思思其實是很感動的。雖說他們接下了護送的任務，可契約也只見效於一般的狀況上，可不包括闖入亡靈法師的領域盜墓這種特殊狀況。之所以願意跟隨自己，傭兵熱愛探險的天性雖然佔了一部分原因，可是絕大部分也是出於相識的情誼，想要爲自己出一分力。

在場的巨人族夏思思是信不過的，神祕的劍士羅洛特少女也看不透，並不在信任的行列中。卡斯帕雖然絕不會害她，但卻不能指望這位眞神大人出手相助。現在能獲得夏思思全心信任、讓她願意託付背後給對方掩護的人，就只有這幾位傭兵，以及懷裡的小妖而已。因此夏思思是眞的很需要他們的力量；而傭兵們也回以少女一份願意生死與共的情誼。對此她雖然沒有多說什麼感謝的話，卻將這份情誼記掛在心裡。

羅洛特則是看了忿忿不平的卡斯帕一眼後，微笑道：「我也想要進去一看。」

確定大家的意願後，夏思思隨即提議：「不過把芙麗曼單獨一人留在外面我不太放心，康斯，你們還是多留一人在外面陪伴她等候吧？」

青年點了點頭，正想出言要求奧克德留下，一個最令人意想不到的人說話了。

「我留下來。」

所有人都呆呆地看著說話的人，一時間做不出反應。

最先回過神的人是巨人阿佳，只見這個身材比巨熊還要剽悍的女強盜，用著堪稱這世上最甜美的美少女嗓音氣急敗壞地抗議：「我反對。伊達大哥與這個狐媚的女人一起，必定會被啃得連骨頭也不剩的！」

如果閤上雙眼，阿佳這個美少女的嗓音再配以那眞情流露、嬌嗔幽怨的語調，即使是最無情的鐵漢也會不由得被觸動到心裡最爲柔軟的地方。很可惜，此刻眾人都爲素來冰冷的伊達那突如其來的主動，驚訝得雙眼都睜得大大的。如此一來，阿佳那張與嗓音相反的粗獷臉龐清晰可見，綺麗立即成了夢魘，把在場一眾人等全都雷到不行。

回想起阿佳曾對伊達明裡暗裡地表白，夏思思不禁抽了抽嘴角，小聲嘀咕道：

「不會吧？她仍沒有放棄？」

還沒來得及慨嘆阿佳的死心不息，少女的巨人小弟阿默卻已半路殺了出來：

「小美人，我就說這個瘦巴巴的小子不適合妳了。他要留下來便由他吧！哥哥我陪妳進去！」

夏思思再度驚呼道：「原來你也還沒放棄？」

芙麗曼卻是沒有理會兩名巨人之間的糾纏，迎上伊達投射而來的專注目光，「為什麼會想主動保護我？你不是一向很討厭我的嗎？」

「一直以來，我都認為妳只是個貪財，總是躲在同伴背後發放魔法的女人。可是與『蒼狼』對峙時，妳竟毫不猶豫地站在最前線，拚盡全力為我們阻擋迎面而來的危險，我才發現是我錯了。」即使伊達一直蒙著臉，可是那雙炯炯有神的眸子透露出來的神情卻很真誠。伊達的認可，令芙麗曼臉上漾出美麗的愉悅笑容。

夏思思看看這個，又看看那個，忽然有種想要暈倒的感覺。

雷倫特則是最直接，「四角戀啊……真他媽的複雜！」

揉了揉疼痛的額角，夏思思有點明白平常帶領著他們、勞心勞力的埃德加的感受了。「你們到底想怎麼樣？一個一個說！」

「我想跟著大家進去！」湯馬仕的陵墓耶！裡面一定收藏了不少驚世財寶！芙

麗曼一副小財迷的神情抹了抹口水。

「不可能！妳進去只會成爲累贅而已。還是和我一起留守在外面，我才有信心能護妳周全。」伊達冷冷說道。

「伊達大哥留下來的話，我也要留下來！」阿佳立即表明死纏的決心。

「小美人留下來的話我也要留下來！」同上，阿默死纏的決心仍舊堅定，一心只等他的小美人回心轉意。

無奈地看著幾乎成了連體嬰的四人，眞是牽一髮而動全身的狀態啊……看他們的樣子，誰都不可能妥協的了。最終夏思思只好想出一個折衷的方法，「算了，芙麗曼妳還是跟著大家一起進去吧！伊達負責保護她，阿默與阿佳帶領三分之一『蒼狼』的成員殿後。」

這個安排雖說不上是皆大歡喜，但也算能夠讓四人勉強接受。

隨著夏思思的部署，進入陵墓的隊伍很快便成形了。

阿佳在強盜中選出了最爲精銳剽悍的三十人作爲先頭部隊，剩下的「蒼狼」成員分爲三組。第一組遠遠落後於先頭部隊後，保持在勉強能看得見前方同伴的距離。可以說若先頭部隊全都掛掉的話，他們就會取代成爲先行的炮灰。第二組與夏思思及眾傭兵同行，正中位置則是隊伍中唯一一名珍貴的見習祭司小帕，以及法力全失的芙麗曼，兩人分別由羅洛特與伊達貼身保護著。再後面的則是喜孜孜的阿默與死死盯住前面一雙同行男女的阿佳，兩人領著第三組「蒼狼」成員負責殿後的重任。

ch.9
陵墓內的激戰

從入口進入後是一條長長的通道，裡面並沒有眾人預期中的漆黑，牆壁的油燈燃燒著青白色的靈火。據卡斯帕所說，這些油燈使用亡者的靈魂作燈芯，只要不受外力破壞，便能一直燃燒下去。

在靈火的映照下，觸目所見全都變成一片毫無生氣的青白，以致身旁同伴的臉看起來也變得像不死生物般陰森。雖然這些靈火並不會對人體造成任何傷害，卻給人一種毛骨悚然的感覺。

通道沒有設置想像中的陷阱與機關，就是空氣有點糟，陣陣霉味令人皺眉。夏思思使出個小小的清風術再配合卡斯帕的聖光，很快便驅散了陰霾潮濕的氣息，讓幾乎快被臭得無法呼吸的眾人吁了口氣，鬱悶的呼吸這才暢順起來。

走了約二十分鐘，一路上竟然風平浪靜，可是眾人也沒有放鬆戒備。雖說財富這些身外物生不帶來、死不帶去，即使生前擁有得再多，死後也是用來便宜盜墓者。然而夏思思可不認為那名紅袍法師會是個生性豁達，死後任由別人對自己陵墓內的東西予取予求的人。他的墓穴裡怎會連個像樣的陷阱或亡靈守衛也沒有？

難道早在他們到達以前，這座墓穴就已經被人盜過了，因此那些陷阱與機關也早就被先前進入的人清掃乾淨？畢竟天下幹盜墓這行的人何其多，沒有誰規定這座陵墓要完完整整地等著他們進去挖寶。

想了想，夏思思向先頭部隊的隊長，也就是「蒼狼」的斥候阿志詢問了一些細節。據這名擁有豐富經驗的斥候觀察，沿途所走過的道路並沒有外人進入過的痕跡，這讓素來懶散無比的夏思思也不禁認眞起來，雖然她討厭出力，喜歡享受，但也要先把性命保住再說。

就在眾人對於暢通無阻的狀況感到困惑之際，平靜的通道中異變突生！

伴隨著先頭部隊的驚叫，通道兩旁的牆壁不知何時由前方開始伸出一隻隻蒼白的手！這些纖瘦、看起來屬於女性的手臂，卻有著足以把巨人拉扯得雙腿離地的強大力量。如果眾人仔細一看，便會發現牆壁上的手臂全都是右手，而且無論手臂的大小、長期浸泡在水裡而浮腫得略帶透明與濕漉的皮膚，以及蒼白膚色上清晰可見的青色血管，全都像複製出來般一模一樣！

數名先頭部隊的成員冷不防被手臂抓個正著，這幾名倒楣鬼還沒從驚嚇中回過神，便被拉得整個人往牆壁撞去。隨即堅硬的牆壁竟變得像軟泥般黏稠，除了有兩人機伶地利用夏思思給的錬金製品在途中掙脫出手臂的抓捕，剩下的人不出數秒直接被牆壁吸了進去，這看似平平無奇的通道，簡直就像頭吃人不吐骨的怪物！

犧牲了數名「蒼狼」成員後，眾人全都反應過來，隨即刀啊劍啊還有夏思思的水箭，全都不客氣地往這些手臂上招呼，可惜效果卻不甚顯著。雖然能造成手臂的傷害甚至把它斬斷，可是它卻能以驚人的速度從牆壁上重新「長」出來！

在眾人被這些頑固的手臂糾纏得不勝其煩之際，隊伍後頭傳來騷動與慘叫聲：

「是屍妖！」

屍妖雖然仍保留人類的外型，然而身體並沒有皮膚保護，肌肉與血管全都暴露在空氣中。它們有著尖銳的牙齒與長至胸口的長舌頭，像野獸般用四肢爬行。這些看起來比骸骨系「新鮮」得多的屍妖動作敏捷，而且牙齒與唾液還帶有劇毒，是非常難纏的不死生物。

不過相較於那些喊不出名字的蒼白手臂，至少屍妖這種常見的不死生物的弱點很明顯，心臟是它唯一的致命傷。除此之外，即使把頭顱與身體分家，它們的身體仍能像沒事人般活蹦亂跳。

夏思思反應快，看到那些被水箭射穿的手臂迅速復元後便改變了策略。雖然整座陵墓內部充斥著濃濃的闇元素，可是少女在水靈的幫助下，還是把大量水氣黏附在牆壁上，然後一口氣向牆壁使出凍結術！

妄圖把眾人吞噬的牆壁，以及牆上伸出來的手臂瞬間被凍成冰塊。同樣被冰封住的點點靈火卻沒有熄滅，依舊泛著幽幽的青白火光，把無數封在冰裡而變得僵硬的女性手臂映照出青白的顏色。雖然場面並不怎麼血腥，可是卻要比斷肢橫飛的血腥場面更加讓人心生懼意。

這時屍妖已被殿後的巨人全數斬殺，暫時擺脫了前後夾擊的窘境，眾人加快腳步小跑著往前走去。

在經歷過幾個不同程度的小陷阱後，眾人總算來到通道盡頭。石造大門不時傳出一陣類似野獸的嘶叫，又像是人類悲鳴的淒厲響聲。這是一種精神類的攻擊魔法，僅僅只是聽到，就足以讓活著的生命感覺到全身發寒，實力大打折扣。

卡斯帕往大門放出能讓人心情平靜的「祝福術」，便讓這些聲音倏然而止，隨即在先頭部隊鼓起勇氣打開門後，一個依夏思思估計，足有地球標準大球場大小的空間，隨即展現在眾人眼前。

這裡應該就是主墓室了，整潔華麗的墓室與外頭骯髒的通道形成對比。雖然靈火的青白火光將墓室染上陰森的色彩，但仍無法掩蓋牆壁上裝飾的金碧輝煌。

看著空無一物的巨大空間，康斯皺起了眉，道：「湯馬仕斷沒可能特意空置了這麼大一片地方卻沒有任何用處，這兒必定有著大家察覺不到的東西。小帕，你有任何發現嗎？」

卡斯帕皺起眉，放出感知把整間墓室掃瞄一遍後說道：「這裡隱藏混合了神聖與黑暗的強大力量，卻被濃濃的死亡之氣掩蓋。我大約只知道是在這個方向，卻找不出確實位置。」說罷，少年祭司伸出手，指了指牆壁上一個什麼都沒有的位置。

夏思思若有所思地看了卡斯帕一眼。她很明顯地感覺到，相較於在城堡時對方用神力壓迫得元素精靈差點兒露出馬腳的時候，卡斯帕的力量變得比以前虛弱了。

若是以前，即使闇元素再濃烈，卡斯帕也該能輕易與聖物碎片取得聯繫才對。現在少年卻只能勉強感應到它的存在，而且光是找出所在方向便已非常勉強。

在眾人眼中卡斯帕只是個學習神術不久的見習祭司，因此對於少年的表現沒有察覺出任何不妥之處。除了夏思思，就只有一直守在卡斯帕身旁的羅洛特面露擔憂，彷彿早就知曉少年身分般，展現出截然不同的反應。

可惜少女只顧著苦惱著碎片的事情，故而錯過了羅洛特的異狀。不然以夏思思的才智及心計，男子想要繼續隱瞞身分只怕不容易了。

卡斯帕雖只是個見習的，然而被譽為眞神使者的祭司，面對亡靈魔法自有其自傲之處，在場自然沒有任何人會忽視少年的話。

阿佳使了個眼色，便有數名「蒼狼」成員摸索起卡斯帕指示的石壁。可惜左看右看也只是一面尋常的石壁，既沒有暗門，也沒有機關，令人無從下手。

一個小小的腦袋從夏思思衣領裡伸了出來，只見小妖脫下僞裝，拍動著一雙蝙蝠似的翅膀飛了起來。

看到雙眼變成燦金色、擁有雙翼、尾巴有著紫色魔焰的小妖，眾巨人大驚失色地驚呼：「是魔族！牠是妖獸！」

「喂！你要到哪兒去？」雷倫特一手抓住轉身就逃的阿默，又無奈又好笑地詢問。

「沒什麼……」阿默呆呆地回答了聲。其實與小妖相處了那麼久，阿默對牠也不是太害怕，只是因爲太驚訝而做出了自然反應——奪門而跑。

想不到這隻看起來軟綿綿，又小又迷你的幼貓竟是頭妖獸！回想這段路程中，夏思思一直以對待寵物的態度，若無其事地飼養著一頭妖獸……自己這個新認的老大到底是什麼人啊!?

不過老大的實力愈強，身爲小弟的他便愈是吃香，因此在震驚過後，阿默反而因爲夏思思的深不可測而欣喜。他早已忘記了當初之所以願意跟隨少女，是懷著過橋抽板的心思，只是想要利用身爲人類的夏思思來帶領他進入人類社會而已。

然而經過一段時間的相處，他卻發現這名看起來嬌弱的少女實力超強不用說，很有義氣又護短。雖然把他欺壓得很慘，可是卻也讓他獲得不少好處，逐漸讓他生出了一直跟隨著這個老大似乎也不錯的念頭。

至於「蒼狼」的成員，則是在震驚之餘更是熄滅了不少不該有的心思。畢竟他們與夏思思可不是什麼友好的關係，說白了，只是互相利用而已。小妖的眞正身分令夏思思的背景變得更爲神祕莫測，把他們剩下的最後一絲反抗心思都熄滅了。

一些強盜更不禁想起曾與這頭小妖獸決鬥的自家副團長來。既然小妖其實是隻有靈性的妖獸，那麼阿木敗給牠也不算太難接受了。

怎麼說，敗在妖獸手上，也總比敗在一隻貓手上好得多吧？

康斯等人是親眼目睹夏思思收服小妖的過程的，自然不會對此感到驚訝。羅洛特則是小聲與身旁的卡斯帕說道：「聽說勇者的另一名護衛也是魔族出身，且還是人形的高階魔族。似乎思思小姐對於魔族實在情有獨鍾呢！眞是位有趣的勇者。」

卡斯帕哼了聲：「她可是一天不爲我招惹麻煩便一天不舒服的性格，說什麼勇者，根本就是個惹禍精！你的祖先可比她可愛得多了，既乖巧又有責任感。」

羅洛特輕笑道：「可思思小姐就是因爲這樣子才有意思，不是嗎？」

卡斯帕微微一笑，道：「你也比你的祖先有趣多了。初代雖然是個聽話又有責任感的好孩子，然而他的性格古板守舊，而且嫉惡如仇，眼裡容不下沙子。要是此刻站在這兒的人是初代，他必定二話不說向小妖拔劍相向。」

羅洛特看著夏思思與小妖親密無間的樣子，輕聲詢問：「這就是你挑選她作爲勇者的原因嗎？」

卡斯帕笑而不語。

畢竟已在落石山脈與小妖相處了數天，「蒼狼」的強盜很快便恢復了冷靜，只是眾人全都下意識地退後數步，拉開與小妖之間的距離。

拍動著雙翼把身體保持在夏思思肩膀的高度，小妖凝望著卡斯帕所指示的方向鳴叫了聲。雖然小妖的外表有了很大的轉變，然而聲音卻仍舊是軟綿綿的幼貓叫聲，聽起來實在可愛得很，讓巨人們的不安減弱了些，但仍舊沒有任何人願意接近小妖半徑兩公尺範圍之內。

隨著小妖這聲鳴叫，十六道黑影從小妖那小小的幼貓身體猛然射出，竟是不久前在夏思思的幫助下收服的魔法箭！

箭矢四散開來，以令人驚歎的速度圍繞四周的石壁轉了一圈後，便像嗅到獵物氣味的獵犬般往牆壁上某處飛射而去！

魔法箭的穿透力夏思思是見識過的，只是當看到十六道黑影悄無聲息地沒入堅硬的牆壁中，只剩下一個個細小的小洞時，少女還是驚訝得張大了嘴巴，滿臉無法置信。

直至此時，夏思思這才明白當時小妖一口吞一枚魔法箭矢的舉動，到底是何其驚人的壯舉。

夏思思驚訝過後，頓時眉開眼笑起來。那時只是單純因為小妖對魔法箭的渴望，少女這才幫忙牠收服箭矢。老實說，夏思思原本並不太看得起這些箭矢，想不到在小妖的控制下，竟然如此好用。

對於與自己血脈相連的小妖，夏思思可謂絕對信任。小妖的東西就是她的東西，更何況還不用自己付出精力勞動，這如何讓夏思思能不高興呢？

要是被眾人知道少女此刻心裡所想，只怕立即絕倒。人總是自私的，誰都希望把力量強大的武力納入自己掌心裡。夏思思倒好，她只是想要身邊的人強得像鬼，然後自己便可以躲在後方納涼去。

「吧啪」一聲，像是某種支撐點斷裂的聲音從牆壁裡傳出，隨即堅硬石壁竟以魔法箭所貫穿的小洞爲中心，一道道深刻的裂痕像蜘蛛網般延伸至整面牆上，形成個詭異的魔法陣。

夏思思驚駭地發現，空氣中除了闇元素外，所有魔法元素忽然消失無蹤。一直依附在少女長髮上的水靈立即變得委靡不振，很快地，就連形態也無法保留下來，整個失去了意識，無論夏思思怎樣呼喚也沒有反應。

「小帕！」這是卡斯帕首次看到夏思思露出方寸大亂的神情，竟是三分驚惶，七分懇求，就像個不知所措的孩子。

當初被卡斯帕強行帶來這個世界時，夏思思最先認識的既不是身旁那隻狡猾的小妖獸，也不是那名事事以她爲先的高階魔族，甚至不是一直追隨著她、保護著她的聖騎士第七小隊，而是棲息在聖湖裡的元素精靈！

這小小的水靈對夏思思來說有著很大的意義，並不是因爲她所帶來的強大力量，而是因爲那一直以來陪伴在身邊的情誼。即使此刻卡斯帕告訴少女元素精靈的力量全失，再也無法給予她任何幫忙，夏思思也願意付出一切代價來拯救她。

看到少女如此焦慮，卡斯帕也不敢胡亂開玩笑，難得正起臉很認眞地保證道：

「元素精靈的力量源自於自然界的魔力。此刻這個空間的水系元素被完全隔絕，要是普通的水靈也許會有消失的危險，可是依附在妳頭髮上的畢竟是由聖湖孕育而成的元素精靈，她只是進入沉睡狀態而已。然而這一次她終究是元氣大傷，與元素失去連繫的精靈就如同耗盡魔力的魔法師，大概要沉睡好一段時間才能甦醒了吧？」

得知自己將會有一段時間失去元素精靈這個強大的依靠，這對於擅長水系魔法的夏思思來說，無疑是致命打擊。可是少女卻反而鬆一口氣，道：「沒關係，可以恢復就好。」

聽到夏思思的話，卡斯帕、傭兵、羅洛特，甚至是阿默全都露出了溫暖的眼神，注視著這個看起來總是漫不經心，其實遠比尋常上位者更爲關心下屬、也更爲護短的少女。

安心下來，夏思思把詢問的視線投往上空的小妖身上。

小妖是由里克與克奈兒的靈魂融合後轉生而成的妖獸，媲美人類的高度智慧本就不是低階妖獸所能比擬。當黑暗元素瘋狂聚集的瞬間，牠就知道自己闖禍了。

牆壁中的暗黑法陣確實是打開進入陵墓道路的機關，只是這個想要在夏思思面前表現自己的小妖獸求功心切，結果沒有仔細考慮便倉促出手，最終弄成這種害水靈陷入沉睡的糟糕局面。

感受到夏思思的視線，小妖可憐兮兮地咪嗚了聲，三角形的耳朵與長長的貓尾巴軟軟垂下，無精打采的模樣與先前囂張無比的神態判若兩貓。

夏思思用力彈了彈小妖的額頭，笑罵：「知道自己闖禍了吧？還好沒出什麼大事，看你下次還敢不敢如此衝動！現在我的實力大減，你這個小傢伙可要好好保護我喔！」

本以爲至少要被夏思思責罵一番，想不到少女在傷心難過之際仍如此大度。小妖感動不已以外，同時也加深了牠的歉疚。

夏思思選擇這種溫和的責備形式無疑非常聰明，這隻外表可愛的小妖獸性格殘忍高傲且非常善妒，若少女爲了元素精靈一事而過於苛責牠的話，不但無法讓牠反省，反倒會引起小妖的反彈。

此刻，拍動著翅膀降落在少女肩膀上的小妖發出軟綿綿的幼貓叫聲，柔軟的身體蹭著夏思思的臉龐，金色眸子裡是滿是歉意與安慰。

看到明明應該與妖獸水火不容的勇者大人露出如此厲害的馴魔手段，身爲眞神的卡斯帕瞬間囧了，心情實在複雜得很。

隨著黑暗元素瘋狂聚集，四周溫度也隨即變得冷了下來。除了熱愛闇元素的妖獸小妖，以及有著聖光保護的卡斯帕以外，眾人全都受到影響，難受得皺起眉。

少年祭司見狀，立即使出低階的治癒術，柔和聖光緩緩升起，頓時逼退了陰寒的闇元素，眾人這才覺得好過了些。

接收到同伴們驚異的視線，卡斯帕笑著解釋：「光元素正好剋制這個奇怪的闇法陣，因此我仍能勉強使出低階的光明魔法。」

對於魔法，在場的人都不是太熟悉。唯一的全職魔法師芙麗曼又是主修風系，因此對於少年的話也沒有懷疑，很輕易便接受下來。

只有知悉少年身分，同時也學習過終極治癒術的的夏思思不相信對方的鬼話。因爲在暗黑元素聚集的時候，夏思思已暗暗召喚起光元素來，然而卻以失敗告終，於是少女便向卡斯帕用嘴形無聲說了「騙人」二字，隨即獲得眞神大人一個白眼作回應。

魔法陣瘋狂吸收洶湧而來的闇元素，直至完全達至飽和的程度後，牆上忽然出現一個巨大的入口。

從入口看進去，最先映入眼簾的是一陣刺目、源自純金的燦爛金光，竟是一座單純以金幣和純金飾物堆積而成的金山！這讓原本因闇元素聚集而滿臉蒼白的芙麗曼精神一振，臉上毫不掩飾地露出令人哭笑不得、且熟悉無比的小財迷神情。

抹了抹流出來的口水，只見芙麗曼很有氣勢地往金光的源頭撲過去。一直護衛在女子身邊的伊達眼明手快地一把將芙麗曼拉了回來，滿臉警戒地緊盯著依舊不停擴展著的入口。

「放開我！」看得到、拿不到的感覺讓芙麗曼抓狂，這位素來以愛財見稱的女魔法師一時忘了眼前的人是自己素來害怕忌憚的伊達，竟氣急敗壞地向男子咆哮起來。

同時不少強盜也按捺不住，無視阿佳原地待命的指示拔腿便往堆放寶藏的洞口跑去。

雖然這些強盜一直幹著沒命的買賣，也算是見慣財寶的人，可是湯馬仕所遺留下來的財寶數量實在太驚人，再加上充斥了整個空間的暗黑元素加強人們的負面情緒，不少貪財的巨人變得如同餓狼般失去了理智。

看著眼前這些完全無視命令、當著自己的面前搶奪財寶的下屬，阿佳氣得臉都綠了。

有些個性較爲謹愼的巨人則是略微遲疑地觀察著洞穴內的狀況好一會兒，確定裡面沒有任何陷阱與埋伏，猶豫片刻後才一咬牙，也加入搶奪財寶的行列。

此刻，陵墓內分成了三派，康斯等人護住夏思思佔據一個角落，阿佳以及一些忠心的下屬也自成一角，最後則是互相爭奪財寶的強盜們。

強盜本就是個鬆散的團體，因擁有共同利益這才暫時聚在一團。平常的狀況下，阿佳還能以武力與威望約束他們，可是在巨大的利益面前，人的劣根性頓時顯露出來。

「首領！我們再不出手，這些財寶就會全數被瓜分殆盡了！」好幾名看得眼都紅了的強盜忍不住向阿佳進言，他們實在不明白首領爲什麼會選擇站在一旁袖手旁觀。

阿佳惡狠狠地瞪了這名下屬一眼，粗獷的臉孔頓時因這眼神猙獰了幾分，「別衝動！那個人類的女娃以及那個祭司既然不出手，選擇在旁看熱鬧，那我們跟著她準沒錯。」

同時間，卡斯帕則是似笑非笑地詢問一臉無辜的勇者大人：「思思，妳是故意的吧？」

康斯皺了皺眉道：「任由他們這樣沒關係嗎？」

夏思思微微一笑，道：「也該是時候讓場面混亂起來了。我好看清楚誰能夠信任，哪些人不能留在身邊。」

青年聞言愣了愣，神情複雜地看了看身旁的夏思思後隨即沉默不語，顯是默認了少女的做法。

「哎呀哎呀，打起來了。」看到那些拚命將財寶往懷裡塞，最後更是拔出武器互相廝殺的強盜，卡斯帕幸災樂禍地笑了。

夏思思挑了挑眉小聲說道：「眞神大人，拜託你裝裝樣子不行嗎？請保持慈悲爲懷的形象，謝謝！」

卡帕斯立即反脣相譏地傳音回答：「身爲始作俑者，在場最沒資格說這番話的人就是妳喔！而且我現在只是見習祭司小帕，要慈悲爲懷做什麼。」

夏思思撇了撇嘴，她就知道教廷老是吹噓眞神大人怎樣怎樣偉大慈悲的話全都是鬼話！

除了這些爭奪得失去理智、最後竟向同伴拔刀相向的強盜外，一部分強盜把衣袋塞滿便退了回來，微帶忐忑不安地觀察著夏思思以及阿佳的神色。一部分則是猶豫片刻後轉身往外跑，顯是鬼迷心竅想要帶著寶藏逃走。

看著那些不念同伴之情，爲了錢財自相殘殺的強盜，夏思思頗爲不忍地皺起眉。見狀，羅洛特安慰地拍了拍少女的肩膀，道：「這種人我見多了，他們永遠不會把別人的性命放在心上。對他們來說，只要擁有足夠的利益，即使是親如父母子女也能出賣。現在我們無法依仗魔法，妳不把火往他們身上燒，將居心叵測的惡狼逼出來，只怕往後會落得腹背受敵的下場。」

夏思思悶悶地點了點頭。知道這些人死不足惜是一回事，心裡感到不暢快又是另一回事，畢竟是她帶他們進來的，雖然明擺著是利用他們，可是少女還是難免感到有些難受。

看到夏思思那充滿糾結的神情，羅洛特與卡斯帕對視一眼，只能苦笑相對。

這位年輕的勇者總是表現出超出年紀應有的冷靜與睿智，在處理強盜一事上，甚至給人殺伐果斷的感覺。可是此刻看來，終究也只是名十六歲的孩子而已。

ch.10
巫妖的命匣

人類的瘋狂是會傳染的，起先拔劍相對的強盜只有很少數，可是在現場的氣氛影響下，漸漸演變成數十人的大混戰。這些人早就被貪婪掩蓋了理智，也不想想即使把與自己爭奪財寶的人都殺掉，這座比人還高的金山憑藉一人之力根本就搬不走，更何況外面還有夏思思等人在虎視眈眈，能不能全身而退還是個未知數呢！

在這方面，同為巨人強盜的阿佳等人就聰明多了。阿佳很清楚若自己現在展現出狼子野心，那就是把夏思思那方人馬徹底得罪了。寧可減少利益選擇一起發財，總好過偷雞不成蝕把米，還把自己立於危牆之下。

「思思！看！」首先察覺出不對勁的芙麗曼，略帶顫抖地指了指倒臥在血泊上的屍體。

一具具強盜屍體，從血泊中緩緩站立起來。其他正在爭奪不休的強盜們早已殺紅了眼，沒有察覺到眼前的都是死而復生的屍體。在他們眼中，接近財寶的，就是敵人！

於是「喀」地一聲悶響，一個剛站立起來的屍體便再度被同伴斬中，長刀從右邊的肩膀一直沒進左胸，幾乎把他整個人一分為二。

可是被襲擊的男子卻沒有倒下，不單如此，他甚至面不改色地沒發出一絲哀號，以冰冷得可怕的充血雙眼定定凝望著斬了他一刀的強盜。

如此詭異的場面，喚回這殺紅了眼的強盜些許神智。見自己竟殺不死對方，他慌亂地想後退，偏偏刀鋒卻被對方的骨頭卡住，一時間拔不出來。

忽然，這些屍體們動了。

一直呆呆站著的他們突然向身旁的活人猛烈攻擊，這些死屍似乎只剩下最原始的本能，攻擊時沒有動用棄置在地上的刀劍，而是手口並用地以最原始、也最血腥的手法，把身旁的活人殺死！

夏思思嘴角一抽，二話不說便閃身躲在康斯身後。

「天啊！這是什麼東西？」阿佳等人所處位置較接近死屍群，很快便被戰火波及。阿默倒是重情義，看到他的小美人戰況危急，一咬牙便衝過去救援，讓夏思思等人對他刮目相看。

似乎阿默經常掛在口邊的喜歡，是真心的。

這些屍體與夏思思在電影中所見的生化喪屍很相似，只是眼前的速度很快，然而卻又沒有電影中所說的傳染性，也就是被咬中的話也不會變成喪屍。

阿默被雷倫特他們狠狠操練了好些日子，刀法說是突飛猛進也不爲過。加上巨人得天獨厚的破壞力，很快便把最後一名喪屍成功變回躺臥在地上的屍體。

「這些……是亡靈魔法？」看著這些被砍掉頭顱手腳卻仍能在地上蠕動的屍體，芙麗曼吞了吞口水，強行忍住嘔吐的衝動。

卡斯帕點了點頭，道：「那些黃金……有變異屍毒！」

「變異屍毒？」

少年的表情凝重起來，「是種利用詛咒術將屍體變成初階亡靈的毒素。」

「也就是說，這些前一秒還活蹦亂跳的強盜，現在已變成骸骨戰士了？」芙麗曼掩嘴驚呼：「可是，他們明明就是新鮮的屍體……」

所謂的骸骨戰士，是由亡靈法師用魔法所召喚出來的低階亡靈。由於能夠召喚出來的全都是腐化得只剩下骷髏的屍骸，因此骸骨戰士雖然很容易召喚，卻屬於雞肋級別，大都只是作爲炮灰之用。

眼前竟然出現與屍妖般同樣「新鮮」的骸骨戰士，這是在作夢嗎？不！即使眞的是作夢也會被嚇醒吧？

這些擁有肉體的屍骸與腐朽得只剩下骷髏的骸骨戰士，兩種存在以及攻擊力根本就是兩個概念啊！

卡斯帕歪頭想了想，道：「傳說湯馬仕這個瘋子曾經把低階亡靈術稍微改進，召喚出來的不死生物能夠與中階亡靈一較長短。雖然這些骸骨戰士的攻擊力離中階亡靈還有一段不少的距離，可是能召喚新鮮血肉作骸骨戰士，還有那具有傳染性的詛咒，傳說似乎不單止是傳說那麼簡單啊……」

「也就是說，這些黃金是誘餌嗎？」芙麗曼惋惜地看著堆成小山的黃金，即使她再愛財，也沒有勇氣去觸碰這些金光閃閃的財寶了。

卡斯帕身上浮現出潔白柔和的聖光，在這個所有元素都被斷絕的空間裡，也就只有這名見習祭司能呼喚出闇元素以外的力量。

溫暖的聖光照射在屍體身上，竟產生出烈火焚身的效果。雖然沒有炫目炙熱的火光，可是從那燒焦的皮膚，以及空氣中傳來的陣陣烤肉味，都充分顯示出這些對人類有莫大益處的聖光，在不死生物及亡靈身上到底有多大傷害性。

即使骸骨戰士沒有痛覺及智慧，在聖光浮現後卻仍是停下了前進的步伐。只因遠離光系魔法是所有亡靈的本能，即使是這些沒有智力、最低階的骸骨戰士也不例外。

忽然，小妖毛茸茸的三角形耳朵動了動，隨即咧開嘴，朝收藏黃金的通道發出「嗄」的警告聲。

在聖光照耀下，眾人清楚看到一個又一個詭異的黑影從屍骸體內飄出，並不約而同地往通道內飛去。隨即，那些失去手腳卻仍在地上蠕動著的屍體立即像斷線木偶般摔倒在地，動也不動。

強盜的膽子大，加上距離屍體較近，在阿佳的命令下，幾名強盜大著膽子踢了踢倒地的屍骸，隨即發出驚喜的呼喊聲：「他們變回普通的屍體了！」

相較於巨人們的興高采烈，人類這邊卻陷入了凝重的沉默。不同於天生神力卻頭腦單純的巨人族，人類社會中充滿了爾虞我詐，自然看出設下這個陷阱的人有著如何深沉的心計。

盜墓，而且是去盜屠夫湯馬仕的陵墓，不是對亡靈法術有興趣的魔法師或學者，就是大膽愛財得無法無天的亡命之徒。

無論是哪種人，必定無法忽視藏於陵墓內的財寶。把寶物收藏在牆壁後，給人一種已經完成闖關、成功獲得寶藏的錯覺，讓入侵者的警戒心大大減弱。同時滿室的暗黑元素不斷影響闖入者的心智，把所有負面情緒無限放大！

卡斯帕檢查地上那些曾化身爲骸骨戰士的屍體後，得出的結論是：這個詛咒必須經由血液引發！也就是說，若進入的團體沒有自相殘殺的話，即使他們把所有黃金帶走，這個詛咒也不會生效！

這一環接連一環的計謀設計得絲絲入扣，充分計算出人心的醜陋與貪婪。主墓室內沒有駐守的亡靈、沒有致命的陷阱，只有一座不見血便沒有效力的黃金山，卻硬生生把強盜的人數滅掉了三分之一！這時眾人醒覺到，這位紅袍法師並不止是個瘋子而已，在瘋狂的背後，更是個充分了解人性的天才！

「那麼聰明的人……他該不會眞的把自己變成不死的巫妖，至今仍活著吧？」

聽到奧克德忽然說出如此驚人的猜測，雖然開玩笑的成分居多，但也讓康斯嚇了一跳，道：「嗯？此話怎說？」

「呃……原因我也說不上來，只是有這種感覺而已。」青年抓了抓頭，尷尬地笑了笑，惹來了一堆白眼。

「其實奧克德的猜測也不無道理。傳說中湯馬仕不正是因爲把自己煉化巫妖失敗後元氣大傷，才讓光明系法師有機可乘的嗎？也就是說，對方的確曾把不死巫妖定爲目標，說不定重傷逃走後，還沒有放棄繼續挑戰呢！」卡斯帕笑道。

「說不定？憑您的身分也有不確定、不知道的事情嗎？」夏思思揶揄道。

「思思妤過分！妳又不是不知道我把大部分力量都用在別的地方了，何況……我也不是萬能的啊！」卡斯帕露出無奈的苦笑，不希望身分洩露的少年把「神明」這個詞彙省略了，他相信憑少女的聰穎會聽得懂的。

「不是萬能嗎？可是在我長大的地方卻是無所不能的至高存在。雖然對本人來說，我覺得那種東西看不見、摸不著，倒比較像是騙小孩的東西。」夏思思意有所指地說。

在旁的傭兵及巨人們看似全神貫注地戒備著任何突發狀況，但其實暗地裡皆很八卦地旁聽著兩人的對話。見識過夏思思種種神奇事蹟後，他們自然知道少女來歷絕不簡單，但現在聽她與少年祭司的對話，似乎這名看起來人畜無害的少年也不簡單啊……

「小妖，金山後面的通道有特別的東西嗎？」沒有理會眾人那小小的心思，夏思思的目標就只是那枚藏在陵墓裡的聖物碎片。雖然不知道為什麼應該是世上最聖潔光明存在的聖物碎片，會與亡靈法師扯上關係，但少女只希望能快點把目標取到手，然後早早收工。

作為「雷達」的奈伊不在身邊，可是同為魔族的小妖應該也有類似的「功能」才對吧？

果然，這小東西也沒有令勇者大人失望。因濃厚的闇元素而實力大增的小妖，感知著通道裡的狀況後，很確定地向少女咪咪地叫。

與小妖有著精神聯繫的夏思思自然明白這幾聲鳴叫代表的意思，這小傢伙在裡面發現了好東西呢！

把視線轉向阿佳一行人，少女做出一個「請」的手勢。阿佳苦笑了一下倒沒有反抗，再次讓「蒼狼」揹負起打頭陣的重任。

夏思思滿意地點點頭，心想這些剩下來的強盜倒是些懂得審時度勢的聰明人，也許打壓過這些人的氣焰後，可嘗試把他們安置在王城作守衛試試看。畢竟巨人族的身體遠比人類好多了，不用白不用啊！

不光是巨人族，夏思思甚至還想著要拉攏所有能拉攏的種族。這些巨人正好作為實驗的先河；至於把他們帶到王城後該怎樣安排就不在夏思思的考慮中了，這可是王室的工作對吧？

不過有了第一輪的「篩選」後，這一次夏思思對巨人們可謂愛惜得多。在她示意小妖全力相護下，竟讓剩下的「蒼狼」沒有折損一人，便成功通過了重重的陷阱！

經過連串刀山火海，強盜們對夏思思是徹底服氣了。先不論沒有小妖的協助他們能否走到這裡，光是那些陷阱的歹毒程度，若沒有夏思思層出不窮的奇思妙想以及卡斯帕的聖光，還有傭兵的幫助，他們這些強盜早就死得不能再死了。

「這才是眞正的主墓室吧？」

此刻在眾人面前的是間隱蔽的石室，經過漫長的歲月後仍有淡淡的血腥味從裡面傳出，令人不禁聯想起湯馬仕從民間擄來了數百名出色的工匠逼使他們建築這座陵墓，卻在墓穴建成後把人全數殺光的傳說。

厚重的石門採用與通道相同的岩石製成，要很仔細才能發現接駁的縫隙。如果不是小妖硬是賴在石門前不肯離開，眾人是絕對無法察覺到裡面還別有洞天。

「阿默，用這個打破它吧！」敲了敲石門，夏思思便從空間戒指裡取出一支上面雕刻著艱深咒文的巨大鐵鎚。對於少女這種把珍稀的鍊金產物像大白菜般隨意拿出來的舉動，阿默早已麻木了，看得多也就不覺得這些東西有多珍貴，神態自若地把鐵鎚接過後，便往那道隱蔽的石門擊去。

觸及岩石的瞬間，鐵鎚表面的咒文忽然發出晶瑩亮光，這些發光的咒文竟然飄浮起來，一圈又一圈地包圍著鐵鎚。

震耳欲聾的聲音響起，厚重的實心石門竟在阿默一擊下飛散破碎。除了由於鐵鎚那附加的「重力」效果外，巨人族強橫的力量也是造成這震撼結果的主要原因。

看到這一鎚的效果，阿默再也捨不得放開手裡的鐵鎚了，「老大……妳看我也沒有趁手的武器，可不可以……」

對自己人夏思思一向出手闊綽，何況這大鐵鎚的重量根本就不是尋常人類能夠使用的，這簡直就是爲巨人量身訂造的武器啊！

獲得老大的頷首後，阿默立時興奮得嗷嗷叫，在看到其他巨人露出羨慕的神色時，更是得意洋洋地揮舞著鐵鎚炫耀起來，心想這老大眞的認得不枉啊，跟著她這段日子吃香喝辣的。現在的阿默恨不得把心挖出來向夏思思展現出他的忠心。

夏思思吃吃一笑，道：「別耍寶了！就讓我們看看終點到底有什麼吧？」

少女的一句話立即讓氣氛凝重起來，不用夏思思吩咐，早已對這名老大心服口服的阿默已身先士卒地主動將門打開。一時間，眾人全都把精神繃得緊緊的，深怕下一秒會有什麼怪物從門後撲出來。

「這是……」

在靈火的照耀下，門後卻沒有眾人所預期的不死生物，也沒有期待中的金銀財寶，有的只是具不知用什麼材料製成的棺材，以及一個佔據了整面牆壁的魔法陣。

魔法陣的構圖複雜無比，即使是精神力高得嚇人的夏思思，在凝望魔法陣良久後，竟也產生暈眩的感覺。

康斯謹慎地沒有用手，而是用劍尖挑了挑牆上用來繪畫魔法陣的顏料：「……是鮮血。」

「小帕，你知道這個魔法陣是幹什麼用的嗎？」夏思思回首詢問，剛才大門被阿默用暴力打開時，驚呼聲便是從少年口中低呼出來的。

卡斯帕默然把手按在棺材上良久，忽然冷笑道：「傳說是眞的，湯馬仕這個瘋子還眞的想要把自己從活生生的人轉化成巫妖換取永生，可惜他重傷的身體卻等不及了。不過這個人的確不負天才之名，在死前研究出這個魔法陣。這個法陣以碎片的力量爲核心形成獨立的黑暗法則，落石山脈在這個法則的影響下開始化育出無數不死生物，也由於法則的混亂而形成了每到月圓之夜便會落石的奇怪現象。只要湯馬仕能搜集到足夠的闇之力發動法陣，這個法陣便會自行把他轉化成巫妖。」

這段時間從卡斯帕身上學習到不少光明魔法知識的芙麗曼疑惑地歪了歪頭，道：「可是再強的人也無法做到靈魂不滅，湯馬仕死後已經過漫長的歲月，他的靈魂難道不會消散嗎？」

「看！房間兩旁藏有奇怪的機關！」雷倫特大叫了聲，打斷了詢問。

順著雷倫特的指引，眾人這才發現大門兩旁那分隔走廊與房間內部的牆壁有八個小小的孔洞，末端各自連接著一個有八小間隔的鐵箱子。

身為盜賊首領，對機關有不少了解的阿佳研究了箱子一會兒後說道：「似乎是存放箭矢的機關。」

夏思思眨了眨眼，立即想起那十六支追擊黑影、最後被小妖當補品般吞進肚子裡的魔法箭。如果說外面的重重機關與陷阱是湯馬仕有意為之，利用盜墓者自相殘殺而從中獲得轉化巫妖的暗黑之力，那麼這十六支魔法箭會不會也是紅袍法師留下來的「獵犬」，為他抓捕擁有純闇力量的生物來進補？

在眾人觀察著這兩個新發現鐵箱子的同時，卡斯帕已指使一旁的巨人們把棺材打開，隨即少年把纖細的手臂伸進去，摸索了好一會兒後，從棺材中取出一條已腐朽斷裂的項鍊。

在項鍊離開棺材的瞬間，眾人彷彿聽到一聲包含著淒厲、怨恨、不甘的悲鳴。

經過漫長的歲月，銀鍊子的色澤早已變得暗淡，然而銀鍊連串著的吊墜卻仍舊散發出混合著黑暗與神聖的氣色，鑲嵌的寶石那變幻著色調的彩光，更是讓所有看到它的人一眼便看出它的不凡。

可卡斯帕卻像是完全察覺不到自己手上的是價值連城的寶貝般，輕描淡寫地把吊墜拋給夏思思，道：「喏，妳在找的東西。就是它維持著湯馬仕的靈魂不滅。」

「那現在湯馬仕的靈魂……」

「毀了，妳聽不到它毀滅前的悲鳴嗎？」卡斯帕的笑容彷彿像惡作劇的孩子。

夏思思把玩著手中的吊墜——獲得的第三枚聖物碎片，她好奇地往棺材的狹縫看去。只見躺臥在棺材中的是一具乾癟的屍骸，然而這具推測正是湯馬仕骸骨的屍體，肚子卻像孕婦般高高隆起，肚皮裡還有輕微的顫動，彷彿是胎兒正在活動著。這是少女從進入這座陵墓後，所見最爲邪惡、噁心的東西！

卡斯帕解釋道：「如果順利的話，屍體內所孕育出的胎兒將會是轉化爲巫妖的湯馬仕的新身體；而這封印著碎片的吊墜則會是它用來儲存靈魂的命匣。現在失去了靈魂後，這個胎兒就只是單純的肉塊，相信不久自會死去了吧？這個人還眞厲害，竟然想到用碎片當命匣，要是讓他順利轉生的話，說不定眞的能成長爲不得了的怪物。」

看著屍骸那雖然失去了靈魂之力但仍在動個不停的肚子，夏思思露出了厭惡的神色。小妖見狀，擺了擺尾巴便想用魔焰將屍體燒燬。

卡斯帕連忙阻止，道：「你們別胡來啊！這些年來這具屍體不知道儲存了多少暗黑之力，現在失去聖物碎片的力量壓制，也不曉得那些暗黑之力什麼時候會爆發出來，還是不要輕率接近爲上。」

偏偏在卡斯帕想喚巨人族過來把棺材蓋好的時候，屍體上儲存的力量還眞的毫無預兆地爆發了！首當其衝的便是最接近棺材的卡斯帕與夏思思！

卡斯帕身懷的光明之力本身就是這些闇系力量的剋星，猝不及防下，體內的神力自主發動，險險在身體被闇之力侵襲以前將其阻隔開來。

可是夏思思卻沒有卡斯帕的好運了，一直躲藏於少女髮絲裡的元素精靈此刻正在沉睡，突如其來的攻擊下，夏思思來不及反應便要被迎面擊中！

此時，少女投射在地面上的影子忽然膨脹起來，竟形成一道立體的黑色屏風，把濃煙般的闇元素與夏思思阻隔開來。隨即，這屏風更像是吸水的海綿般，以肉眼可見的速度把闇元素吸收起來。

看主人安然無恙，小妖緇緊著弓起的小身軀才放鬆下來，隨即便看見在牠眼裡與大補品無異的闇元素被那道突如其來的屏風快速吸收。見狀，小妖發出「嗄」地一聲怒吼，連忙衝向前與屏風爭奪起這些闇元素來。

「你是……那個被魔法箭矢追擊的黑色影子？」看著那道與影子沒有絲毫相同之處的黑色屏風，夏思思不知爲何，福至心靈地詢問道。

屏風平滑的表面忽然盪開一陣細細波紋，給夏思思的感覺就像是直接反映出黑影被人叫破身分時的心虛。見狀，少女驚喜地笑道：「眞的是你！你怎麼來了？」

羅洛特笑著上前拍了拍少女的肩膀：「其實從妳進入陵墓時，它便已經躲藏在妳的影子裡了。我想它是知道陵墓的危險，這才一直暗地裡保護妳來報恩吧？」

夏思思愣了愣，看過湯馬仕墓室的設計後，少女已幾乎肯定那十六枚魔法箭矢是紅袍法師設下的機關，這黑影則是被它追捕的獵物。想不到爲了報恩，黑影竟然願意跟隨她直闖這個龍潭虎穴，夏思思感動不已，向黑影甜甜笑道：「謝謝你！」

尾聲

小妖與黑影的胃口顯然不錯，在兩者的爭奪下，湯馬仕累積了不知多少年的闇元素被他們分食一空。這些人類避之則吉的闇元素對他們來說果然是大補之物，只見小妖尾巴上的紫焰變得更加燦爛奪目，金色的眸子更是流光四溢、充滿靈性。

至於形成屏風的黑影，在把闇元素全數吸收後，則是再次變成一名成年男子的剪影。影子黑色的軀體變得更爲沉實幽暗，那種黑到極致的暗色卻也有著另一種奪人心神的美感。

夏思思看得口水幾乎要流出來了。

好漂亮……好想要啊……

而勇者大人也的確遵從心裡的想法，無視背後眞神那幽怨得像怨婦般的眼神，大剌剌地向這個並不是魔族、可也好不到哪裡的黑影展開招攬，道：「謝謝你的幫助。你願不願意跟著我？作爲不死生物，單獨在外界流浪實在太危險了，跟著我包準讓你吃香喝辣的！」

黑影搖了搖頭表露出拒絕的意思，在夏思思焦急地想要挽留之際，身後的羅洛特卻發話了，道：「你跟著思思小姐是想要報恩，可這次的行動也讓你收穫豐富，到最後，卻是你再次欠思思小姐一個大人情對吧？難道你就要這樣離開嗎？既然思思小姐需要你，你何不再當一段時間的護衛來保護她的安全？」

流浪劍士的話讓黑影猶豫不決了好一會兒，便悄聲無息地沒入少女的影子裡，顯是接受了羅洛特的建議。

卡斯帕不悅地踢了踢羅洛特的小腿，當然，以少年祭司的力氣，這攻擊對劍士來說實與搔癢無異，「你怎麼讓它跟著思思了？」

羅洛特好脾氣地笑道：「思思小姐失去元素精靈的保護，正急需新的守護者。」

卡斯帕翻了翻白眼，道：「所以你就替她找了個魔族當護衛嗎？」

羅洛特奇怪地盯著一臉不爽的少年祭司，道：「您不高興嗎？據我所知您並不反對思思小姐收魔族當手下，所以我以為……」

羅洛特的話讓卡斯帕愣了愣，隨即少年也滿臉不解地喃喃自語：「奇怪……我就是不爽這個黑影跟著思思，自己也說不上為什麼……」

可無論貞神喜不喜歡，黑影跟隨夏思思已成為無法逆轉的事實了。只見夏思思這位史上第一位當盜墓賊的勇者大人手握聖物碎片，影子裡藏有一個稀有的黑影，手下的妖獸小妖也實力大增，少女意氣風發的樣子，完全像個打勝仗凱旋而歸的大將軍，誰都能一眼看出她正是這場盜墓的大贏家。

相較於少女的志得意滿，強盜們以及貪財的芙麗曼卻哭喪著臉地空手而回。芙麗曼還好，至少她在這次的行動中並沒有什麼損失。阿佳卻幾乎要哭出來了！費盡心思與手段的結果，卻是爲別人作嫁衣，更折損了大量手下。經過這次的損失後，「蒼狼」實力大損，只怕要從一流強盜團滑落至三流小角色了。

可這件事怪得了誰？夏思思早就揚言她對財寶沒興趣，事實上少女也的確沒有打財寶的主意，陵墓裡正堆積著小山般的財寶任由他們奪取，只是沒人有本事把它拿走而已。

夏思思眨了眨眼，忽然轉向一旁的卡斯帕，道：「小帕，祭司的淨化術能夠把這些財寶淨化嗎？」

聽到少女的話，芙麗曼與強盜們立即「刷刷刷」地把視線掃至卡斯帕身上。

卡斯帕恨得牙癢癢地說道：「不可能！我只是一名見習祭司而已，這至少要大祭司的實力才可以做到！」**想要指使我幹活好給妳賣別人人情？門兒都沒有！**

不同於強盜們失落至極的沮喪，芙麗曼極力忍耐著才不至於忍不住笑出聲來。別人不知道卡斯帕的底細，可她卻知道啊！

教廷唯一能與眞神溝通的大祭司，不正是眼前這個自稱見習祭司的少年嗎？

夏思思毫不在意卡斯帕的斷然拒絕，輕描淡寫地向「蒼狼」說道：「我正好認識大祭司，而且有辦法說服他出手喔！不過要我幫忙是有條件的。」

少女伸出食指搖了搖，吊足了一眾強盜的胃口後，這才續道：「我要求你們解散『蒼狼』，然後你們可以有兩個選擇：一，利用所得的財寶做點小生意，安穩地生活；二，我可以安排你們加入王城城衛軍，相信以你們的實力可以幹得很好。」

頓了頓，夏思思繼續用著惡魔引誘聖人墮落的語調誘惑道：「你們也不想再過被人追捕的生活了吧？而且你們想想，被人追捕了半輩子，下半生改爲追捕別人過活不是很爽嗎？」

看強盜們的表情，似乎夏思思最後一點充滿不良心思的建議深深打動了他們，答應也是遲早的事。至少包括阿佳在內的大部分人，在想了想後便示意願意隨同夏思思先到王城看看，到時候再決定是否加入城衛軍。

康斯等人則是震驚於夏思思認識大祭司，甚至還能說動這遙不可及的大人物來替她辦事，他們發現自己愈來愈看不透這位神祕的僱主了。

最高興的人莫過於芙麗曼與阿默。芙麗曼平白分得一堆財寶，阿默則是獲得更多與阿佳相處的機會。男子甚至連未來都規劃好了，如果阿佳選第二個選項的話，那麼他也不當魔法師了，只求老大給他一個城衛兵的職位來玩玩，朝夕相處下，他不信自己攻陷不了這個小美人！

步出陰暗的陵墓，外頭的陽光亮得讓眾人睜不開眼。可除了小妖以外，各人還是喜孜孜地瞇著眼睛投身於陽光下，感受著陽光所帶來的溫暖。

盡情享受這久違的陽光，夏思思看著眼前這支以驚人速度增加人數，成員更是亂七八糟的團體，露出燦爛的笑容說道：「那麼，伙伴們，成功挖了紅袍法師的墓穴後，現在也該繼續向王城出發了！」

《懶散勇者物語．卷五》完

後記

大家好！很高興與各位在第五集見面！

炎炎夏日，還在讀書的讀者們應該已經迎來暑假了吧？我這段時間卻忙翻了，無論是工作、私人事情，還是寫作方面，都有很多事情接踵而來。

工作方面，公司決定在大陸多開兩間廠房，因此這個月須要不停中港兩地跑，花費了不少時間與大陸的財務開會。另外，正好又遇上半年一次的年中盤點……希望新廠的倉庫不要太混亂吧！

至於私人的事情，便是學習古箏數年的我，迎來了第一場考試！雖然只是四級試啦！但還是非常緊張，要是能夠順利通過便好了。

寫作方面，自然是爲了準備7月份的香港書展，以及8月份的台灣漫博而趕稿了！包括這次出版的第五集在內，最近三個月都會在不停地趕進度中渡過，無論是我、天藍，還是編輯，都在努力衝刺中。同志們！大家一起爆肝吧XD

繼5月份的母親節，6月的香港迎來了一年一度的父親節了！在噗浪與台灣的朋友閒聊時，才知道原來台灣與香港的父親節並不在同一天呢！

台灣把父親節訂於8月8日（好像是因爲「88」二字的讀音與「爸爸」相類似？），而香港則是跟隨國際，把日期訂爲6月第三個星期日。

雖然有很多人著重母親節多於父親節，但其實父親在家庭中也扮演著很重要的角色喔！因此也請大家爲辛勞工作的父親送上祝福與感謝吧！

□

第五集中出現了不少我最喜歡的不死生物。不知爲何，我就是喜歡寫這種東西，可惜故事的主線是勇者VS.魔族，最終BOSS是闇之神，不是巫妖之王，因此不能花太多篇幅來寫不死生物，但這一集還是寫得很高興。

在這一集中，一直較少出場的卡斯帕化身爲見習祭司「小帕」，與思思一起冒險。眞神大人難得的大活躍呢！五枚聖物碎片的確實位置也終於出來了！

不知不覺間，思思等人已經搜集了三枚碎片，只要找到剩下的兩枚，便能夠讓聖物復原，如此一來思思她便有了對抗闇之神的底氣，與魔族的對抗也開始進入白熱化的階段了。

另外値得一提的，是這一集的封面是少有的雙人封面喔！加上小妖的話，這次封面天藍一共畫了三個角色呢！

這一集的背景也一改以往明亮的感覺，幽暗的樹蔭、黑影以及影子裡的死靈，令構圖充滿了難得一見的陰森感。

小妖很可愛！穿見習祭司袍的小帕清秀漂亮！另外，把頭髮放下來的勇者夏思思非常帥氣啊！（尖叫）

我很喜歡這集的封面呢！感覺充滿新鮮感也很特別，希望大家也會喜歡。

爲天藍鼓掌！

不知道下一集的封面又會是誰呢？很期待喔！

另外，我將會在7月份的香港書展舉行簽書會。這是我第二年出席香港書展了。（再次感慨一下，時間眞的過得好快喔！）

雖然書展與古箏考試的日期非常接近，可是我還是希望能夠把握多點與讀者接觸的機會，因此最終選擇了兩者兼顧。

很高興有機會與香港的讀者們見面！最近老是下大雨，希望那天能夠有好天氣吧！

香草

【下集預告】

懶散勇者物語 vol.6

回到王城的夏思思，渡過了來到異世界後的第一個生日。
以「眞相」作爲禮物，勇者要求卡斯帕道出不爲人知的往事。
魔族的起源、眞神的出現、廣爲人知的神魔戰爭……
一切皆源自於三個被貶爲奴隸的少年！

卷6 神與魔的起源．敬請期待～～

國家圖書館出版品預行編目資料

懶散勇者物語／香草 著.——初版. ——台北市：
魔豆文化出版：蓋亞文化發行，2013.07
冊； 公分.
ISBN 978-986-5987-23-7（第5冊；平裝）

857.7 101026390

fresh FS041

懶散勇者物語 vol.5

作者／香草
插畫／天藍　封面設計／克里斯
出版社／魔豆文化有限公司
地址◎ 台北市103赤峰街41巷7號1樓
電話◎（02）25585438　傳真◎（02）25585439
網址◎ www.gaeabooks.com.tw
部落格◎ gaeabooks.pixnet.net/blog
電子信箱◎ gaea@gaeabooks.com.tw
投稿信箱◎ editor@gaeabooks.com.tw
郵撥帳號◎ 19769541　戶名：蓋亞文化有限公司
發行／蓋亞文化有限公司
法律顧問／十方法律事務所
總經銷／聯合發行股份有限公司
地址◎ 新北市新店區寶橋路二三五巷六弄六號二樓
電話◎（02）29178022　傳真◎（02）29156275
港澳地區／一代匯集
地址◎ 九龍旺角塘尾道64號龍駒企業大廈10樓B&D室
電話◎（852）2783-8102　傳真◎（852）2396-0050
初版一刷／2013年07月
定價／新台幣 199 元
Printed in Taiwan

ISBN／978-986-5987-23-7

FS041

懶散勇者物語 vol.5

魔豆文化　讀者迴響

感謝您在茫茫書海中選擇了魔豆，您的支持是我們最大的動力。
不要缺席喔，讓我們一起乘著夢想的羽翼，穿越時空遨遊天地！

姓名：　　　　性別：□男□女　　出生日期：　年　月　日
聯絡電話：　　　　手機：
學歷：□小學□國中□高中□大學□研究所　　職業：
E-mail：　　　　（請正確填寫）
通訊地址：□□□
本書購自：　　　縣市　　　　書店
何處得知本書消息：□逛書店□親友推薦□DM廣告□網路□雜誌報導
是否購買過魔豆其他書籍：□是，書名：　　　　□否，首次購買
購買本書的動機是：□封面很吸引人□書名取得很讚□喜歡作者□價格便宜□其他
是否參加過魔豆所舉辦的活動： □有，參加過　　場　　□無，因為
喜歡出版社製作什麼樣的贈品： □書卡□文具用品□衣服□作者簽名□海報□無所謂□其他：
您對本書的意見： ◎內容／□滿意□尚可□待改進　　◎編輯／□滿意□尚可□待改進 ◎封面設計／□滿意□尚可□待改進　◎定價／□滿意□尚可□待改進
推薦好友，讓他們一起分享出版訊息，享有購書優惠 1.姓名：　　　e-mail： 2.姓名：　　　e-mail：
其他建議：

廣告回信　郵資免付
台北郵局登記證
台北廣字第675號

魔豆文化有限公司　收

103 台北市赤峰街41巷7號1樓

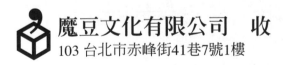

魔豆

魔豆